소녀, 사랑에
말을 걸다

소녀, 사랑에 말을 걸다

(청소년 성장소설 십대들의 힐링캠프, 사랑)

[십대들의 힐링캠프®] 시리즈 NO.04

지은이 | 박기복
발행인 | 김경아

2016년 5월 1일 1판 1쇄 인쇄
2016년 5월 5일 1판 1쇄 발행

이 책을 만든 사람들
책임 기획 | 김경아
북 디자인 | 김효정
교정 교열 | 좋은글
경영 지원 | 홍종남
표지 일러스트 | 발라

이 책을 함께 만든 사람들
종이 | 제이피씨 정동수
제작 및 인쇄 | 다오기획 김대식

{행복한콘텐츠그룹} 출판 서포터즈
김미라, 김미숙, 김수연, 김은진, 김현숙, 박기복, 박민경, 박현숙, 변원미, 송래은
오석정, 오주영, 윤진희, 이승연, 이인경, 이혜승, 임혜영, 정인숙, 조동림, 조은정

펴낸곳 | 행복한나무
출판등록 | 2007년 3월 7일. 제 2007-5호
주소 | 경기도 남양주시 도농로 34, 부영e그린타운 301동 301호(도농동)
전화 | 02) 322-3856   팩스 | 02) 322-3857
홈페이지 | www.ihappytree.com
도서 문의(출판사 e-mail) | e21chope@daum.net
내용 문의(지은이 e-mail) | yesreading@gmail.com
※ 이 책을 읽다가 궁금한 점이 있을 때는 지은이 e-mail을 이용해 주세요.

ⓒ 박기복, 2016
ISBN 978-89-93460-75-9
"행복한나무" 도서번호 : 086

소녀, 사랑에 말을 걸다

청소년 성장소설 십대들의 힐링캠프, 사랑

| 박기복 지음 |

"사랑은
내가 모르는 나를
알게 해주는 거울이다"

이 소설은 한 십대 소녀가 겪은 사랑 이야기를 바탕으로 쓴 글입니다.
감춰두었던 아픔까지 모두 털어놓은 그 소녀에게 고마움을 전합니다.

사랑 ♥ 차림표

내 십대를 물들인 일곱 빛깔 사랑

수능이 끝난 지 사흘째 되는 날, 나는 여덟 달 사귄 남자 친구에게 헤어지자고 말했다.

"왜?"

그냥 받아들이면 되지 헤어지려는 까닭은 왜 알려고 하는지 모르겠다. 헤어지자는 말이 나올 만큼 둘 사이가 꼬였는데도, 뭐가 어긋났는지 알아차리지 못했다는 바로 그 점이 왜 헤어져야 하는지를 보여준다. 그나저나 남자 친구는 누가 잘못했는지 따져보고 싶어서 물었을까, 아니면 다른 여자와 다시 사귀게 되면 그때는 잘못을 저지르지 않으려고 물었을까? 아니면 이런저런 핑계를 대고 다시 붙잡으려는 뜻일까? 그것도 아니라면 그냥 아무 생각 없이 나온 말일까? 나야말로 남자 친구가 '왜?' 하고 물으면 그냥 바로 말해주면 되지 왜 쓸 데 없는 궁금증을 얼기설기 덧댈까?

"헤어지는 까닭을 꼭 말해야 되니?"

나는 시큰둥하게 대꾸했다.

"그렇진 않지만…… 궁금해서."

말은 궁금하다고 했지만 남자 친구 말투에서는 궁금함이라고는 조금도 묻어나지 않았다. 붙잡을 마음도 없으면서 내가 헤어지자고 말하는 까닭은 도대체 왜 알고 싶을까? 나는 또 왜 이런 궁금증이 틈만 나면 피어오를까? 커피잔만 돌리고, 들고, 뒤흔들기를 거듭했다. 지루했다.

"힘든 고3을 함께 보냈기에 수능이 끝나는 바로 그때, 네가 가장 보고 싶을 줄 알았어. 시험을 마치고 걸어 나오면서 너를 떠올렸는데, 네 얼굴이 잘 떠오르지 않았어. 여덟 달을 사귄 남자 친구 얼굴이 수능 끝나는 바로 그때 떠오르지도 않다니, 어처구니가 없더라."

남자 친구가 느긋하게 앉아 고개를 끄덕였다. 잘 알아들었다는 뜻인지, 그냥 뜻 없이 하는 고갯짓인지 헷갈렸다. 참된 마음이 담기지 않은 고갯짓이었다. 그 꼴을 보니 헤어질 때 헤어지더라도 내 속마음은 다 말해주겠다는 작은 다짐마저 허물어졌다.

"수능이 끝나고 이틀이 지나도 네 얼굴이 흐릿했어. 내가 몰랐던 내 마음을 그때야 알겠더라. 고3이어서 네 옆에 머물렀을 뿐, 내 안에 너를 사랑하는 마음 따윈 없었음을……. 고3이라는 검은 막 때문에 보이지 않던 우리 둘 사이가 뚜렷해졌다고나 할까."

"그랬구나."

낡아빠진 고무줄처럼 축 늘어진 말을 내뱉고는 남자 친구는 창문 쪽으로 눈길을 돌렸다. 남자 친구 눈빛이 창문 밖 빈 하늘을 훑었다. 기운이 쭉 빠졌다. 덧없이 커피만 홀짝홀짝 마셨다. 남자 친구가 무슨 생각을 하는지, 어떤 말을 할지 전혀 궁금하지 않았다. 더 하고 싶은 말도 딱히 떠오르지 않았다. 빨리 끝내고 집에 가고 싶었다.

"알았어. 네 마음이 그렇다는데 내가 붙잡아서 뭐하겠냐."

빨리 끝내고 싶은 내 속을 들여다봤는지 남자 친구는 말을 마치자마자 자리에서 일어섰다.

"커피값은 내가 낼게. 잘 지내라!"

"그래, 이성훈! 너도 잘 지내."

이성훈은 뚜벅뚜벅 걸어가더니, 커피값을 내고, 문을 열고, 뒤도 돌아보지 않고 나가버렸다. 이성훈이 나가면서 어깨가 처지거나, 손을 흔들거나, 슬쩍 웃어주거나, 운동화 뒤끝으로라도 안타까움을 흘렸더라면 내 안에서 작은 아쉬움이라도 일렁였을지 모른다. 그러나 이성훈은 끝까지 작은 흔들림도 내비치지 않았다. 이성훈과 사귈 때 저런 차가움이 참 싫었다. 이성훈은 볼일이 끝나면 바로 몸을 돌리고, 제 할일이 생기면 칼 같이 나를 밀어내고, 언제나 부지런하고 빈틈이 없었다. 느낌에 따라 이랬다저랬다 하고, 빈틈이 많아서 툭하면 허둥대고, 딱 부러지게 마무리하지 못하고 길게 늘어지기를 거듭하는 내게 이성훈은 지나치게 멀고 낯설었다. 빈틈없고 칼 같은 됨됨이는 이성훈을 성적 좋은 모범생으로 만들었지만, 내 마음은 저 멀리 태양계 밖으로 밀쳐냈다.

몇 분 전까지 남자 친구였던 열아홉 살 남자가 걸어가는 뒷모습이 창문으로 보였다. 어깨는 곧았고 발걸음은 빨랐다. 단단해 보였다. 한때 저 단단함에 끌리기도 했지만, 늘 옆에 두기엔 지나치게 딱딱했다. 방금 헤어지고도 무섭도록 꿋꿋한 뒷모습을 보니 이성훈이 살짝 안쓰러웠다. 다시 누군가를 만나도 저 모습이면 오래

가지 못하고 헤어질텐데 하는 걱정 때문이었다. 여덟 달 동안 내 곁을 지켜준 고마움을 갚는 뜻에서 단단함과 꿋꿋함이 멋지기도 하지만, 곁에 있는 사람을 얼마나 힘들게 하는지 알려주어야 했다. 그렇지만 말해주기엔 이미 늦었다.

이성훈 뒷모습이 사라지고 나자 안쓰러움도 함께 사라졌다. 카페에서는 바람을 닮은 노래가 흘러나왔고 내 마음도 바람이 되었다. 수능이라는 무거운 짐이 벗겨지고, 나와 맞지 않은 남자 친구라는 짐까지 벗어버리고 나니 몸도 마음도 가벼웠다. 바람 같은 노래가 흐른 뒤엔 솜사탕 같은 사랑 노래가 카페 안을 물들였고 내 마음도 달콤함에 젖었다. 나도 모르게 노래를 따라 부르며 흥얼거리는데, 유리창 밖으로 붉은 색마저 다 빼앗기고 말라비틀어진 나뭇잎 하나가 바람을 타고 콘크리트 바닥에서 나뒹구는 모습이 보였다. 문득 지나가버린 내 옛사랑이 모든 빛을 빼앗긴 채 차갑게 나뒹구는 저 잎과 같다는 생각이 들었다. 한때는 파릇파릇하게 내 삶을 물들였던 잎들이었는데, 헤어지고 난 뒤엔 말라비틀어진 잎처럼 거들떠보지도 않는 내가 놀라웠다. 나와 함께 했던, 또는 내 마음에 들어왔다가 나간, 내 삶을 채웠던 옛사랑을 차갑게 내버리는 나는 이성훈과 다를 바 없었다.

옛사랑을 푸르른 잎으로 간직하진 못하겠지만 길거리에 나뒹구는 말라비틀어진 잎이 아니라 책갈피에 끼워놓는 잘 물든 단풍잎으로 간직해야 맞지 않을까? 내가 새롭게 만나는 사랑마다 오래 지탱하지 못하는 까닭이, 끝내고 나서 이성훈처럼 차갑게 뒤돌아보지 않은 탓은 아닐까? 내가 이성훈과 다를 바 없는 짓을 저지르고 있다니, 믿을 수 없었다. 받아들이고 싶지 않았다. 입술을 깨물었다. 고개를 세차게 흔들었다.

알지 못하는 힘에 이끌린 나는 깊은 동굴 속에 처박아 두었던 아련하고, 아릿하고, 달콤했던 옛사랑을 하나씩 꺼냈다. 어떤 옛사랑은 내 속에서만 일렁이다 끝났고, 어떤 옛사랑은 깊고 아릿했으며, 어떤 옛사랑은 떠올리기도 끔찍했다. 하나씩 옛사랑을 꺼내는데 어찌된 일인지 무거운 짐이 하나씩 얹어지는 듯했다. 이성훈과 헤어진 뒤 얻었던 조금 전 가벼움이 몹시 그리웠다. 엉덩이를 들썩이라고 꼬드기는 노래가 카페를 휘감았지만, 내 몸은 무언가에 짓눌린 듯 의자 속으로 점점 가라앉았다. 뭔지 모를 검은 그림자가 나를 짓눌렀다. 그대로 있다가는 땅 밑까지 끌려들어갈 듯했다.

"으으으! 이러면 안 돼!"

몸을 흔들며 일어났다. 옷을 걸치고 얼른 밖으로 나왔다. 가볍게 걸으려고 애썼으나 자꾸 발걸음이 무거워졌다. 나를 짓누르는 그림자는 점점 두꺼워졌다. 가볍고 싶었다. 가벼워져야 했다. 봄바람에 휘날리는 민들레 씨앗보다 가볍게 살고 싶었다. 티끌 하나

없는 겨울 하늘을 흘러가는 구름처럼 가볍게 스무 살을 맞이하고 싶었다. 안타깝게도 내 뜻과 달리 내 몸과 마음은 점점 무겁고 칙칙해졌다.

나는 끝나버린 사랑은 늘 어둡고 깊은 동굴로 숨겼다. 꽁꽁 감추고 지워버리려 했다. 그렇게 하면 아픔은 사라지고 새롭게 사랑할 힘이 생긴다고 믿었다. 그런데 아니었나 보다. 지나치게 옛사랑을 되새김질해도 안 좋지만, 나처럼 다 지워버리려 해도 좋지 않나 보다. 지울 수 있다고 믿었는데 지워지지 않았다. 아스팔트를 뒹구는 말라비틀어진 잎 하나에도 아픈 옛사랑이 되살아날 만큼 내가 옛사랑을 가두려고 만든 동굴은 허술했다.

'묻어만 둬서는 안 되지만, 되살려서 곱씹고 싶지는 않아'

'옛사랑은 옛사랑으로 머물게 두어야 해. 다만 잿빛이 아니라 단풍잎으로……'

'단풍잎으로 만들어 곱게 책갈피에 꽂아두고 싶어. 옛사랑이 가끔 보면 새로운 힘을 주는 단풍잎처럼 바뀐다면 더할 나위 없이 좋지 않을까?'

나는 내 생각이 마음에 들었다.

'그런데 어떻게 하면 잿빛을 단풍 빛으로 바꾸지?'

그때 문방구가 보였다.

'그래, 내 이야기를 쓰자'
'가짜 사랑만 가득한 인터넷 소설이 아니라 진짜 내 사랑 이야기를 쓰자'
'내 사랑을 글로 써서 책갈피에 끼워두자'

나는 중학교 때부터 시간이 나면 인터넷 소설을 썼다. 인터넷 소설을 올리는 누리집에 오랫동안 글을 올렸고, 꽤 많은 사람들이 내 글을 읽었다. 물론 내가 쓴 인터넷 소설은 예쁜 여자와 멋진 남자가 만나 그렇고 그런 사랑을 하는 허접한 이야기다. 진짜 삶에서는 이뤄지지 않을 헛된 꿈을 인터넷 소설에서 마음껏 펼쳤다. 이제는 그런 헛된 사랑이 아니라 진짜 내 사랑을 써야할 때였다. 그리고 내 사랑을 컴퓨터에 담고 싶지는 않았다. 차가운 컴퓨터 속이 아니라 따스한 종이에 촉촉한 연필로 내 옛사랑을 담고 싶었다.

문방구에서 두툼한 공책을 한 권 샀다. 동굴에 가둬두었던 내 옛사랑을 환한 햇살을 머금은 단풍잎으로 만들 공책이었다. 집에 온 뒤에 마음을 가라앉히고 옛사랑을 꼼꼼하게 떠올렸다. 오래된 옛사랑부터 하나씩 꺼내어 먼저 이름부터 적바림했다.

1. 사랑이란 낱말을 쓰기도 남부끄러운 어릴 때 사랑
   ─ 멋쟁이 '오훈범'과 짝사랑 '신지훈'
   ─ 가을 코스모스 향기를 닮았던 '민규'
   ─ 제 잇속만 차린 못된 '박재호'

2. 쓸쓸한 얼룩과 거무죽죽한 생채기만 남긴 중학생 때 사랑
   ─ 연필 돌리는 여자를 좋아했던 '양인훈'
   ─ 사랑하기엔 아픔이 버거웠던 '이명수'
   ─ 노래도 잘 부르고 무엇보다 목소리가 상큼했던 '루시폴'

3. 사랑이 무언지 나름 알게 해 준 고등학생 때 사랑
   ─ 떠올리기도 싫은 수족관 사장님 '송대현'
   ─ 내가 던진 올무에 걸려들어 꼼짝달싹 못했던 '홍정훈'
   ─ 나를 비추는 거울이었던 '현우'
   ─ 며칠 앞까지만 해도 옆에 있어 고마웠던 '이성훈'

　이름을 꺼낸 뒤엔 그때 있었던 일과 느낌, 그리고 생각을 되살려냈다. 뜻밖에도 가까운 옛사랑뿐 아니라 아주 오래된 옛사랑에 얽힌 느낌이나 생각까지 뚜렷하게 떠올랐다. 놀라웠다. 지운다고 지웠는데 바로 어제 일처럼 뚜렷하게 남아 있었다니……!

아득하게 오래된 옛날 사랑부터 적기로 했다. 먼저 멋쟁이 '오
훈범', 짝사랑 '신지훈'과 얽힌 이야기부터 종이에 옮겼다. 연필
끝에서 되살아난 옛사랑은 공책 갈피에 살포시 내려앉아 알록달
록한 단풍잎이 되었다.

첫사랑이 될 뻔했던 두 남자

: 11살 멋쟁이 **오훈범**과 짝사랑 **신지훈**

어느 유치원에나 잘 생기고, 멋스러운 남자애가 한 명은 꼭 있다. 많은 여자애들이 좋아하고 사귀고 싶은 애, 옷도 잘 입고 움직일 때마다 남다른 기운이 뿜어져 나오는 애, 오훈범이 딱 그랬다. 오훈범은 눈이 참 컸다. 맑고 밝은 빛으로 가득한 큰 눈을 볼 때마다 가슴이 뛰고 설레었다. 내가 오훈범을 차지하고 싶었지만 안타깝게도 오훈범 옆에는 나와는 견줄 수도 없이 예쁘고 집에 돈도 많은 서희가 있었다. 서희 자리에 내가 있고 싶었다. 오훈범과 서희가 손을 잡고 다닐 때면 내 손이 서희 손이 되길 바랐고, 오훈범이 서희 간식을 챙겨줄 때면 내 입술이 서희 입술이 되길 바랐으며, 오훈범이 서희 머리를 쓰다듬을 때면 내 머리카락이 서희 머리카락이 되길 바랐다.

서희는 정말 예뻤다. 누가 봐도 나보다 오훈범에게 훨씬 잘 어울리는 아이였다. 나는 서희가 나보다 예쁘다는 점을 애써 모른 척했다. 얼굴보다는 돈 때문에 오훈범이 서희에게 넘어갔다고 믿었다. 그때는 성형수술이 있는지도 몰랐기에 얼굴은 어떻게 해볼 수가 없다고 여겼다. 괜히 얼굴을 견주면 가슴이 아팠기에, 서희네 집에 돈이 많아서 오훈범이 좋아한다고 믿으려 했다.

강원도, 전라도, 경상도, 제주도에 별장이 하나씩 있을 만큼 서희네는 부자였다. 유치원에 다니는 또래끼리 서희네 집에 가끔 놀러갔는데 입이 떡 벌어질 만큼 엄청났다. 서희네 집은 동화 나라에 자리 잡은 궁전이었고, 서희는 동화 나라에 사는 공주였다. 내가 그렇게 생각했으니 오훈범 눈에 서희가 어떻게 비쳤을지 헤아리기는 어렵지 않았다. 오훈범은 서희를 공주처럼 여겼고, 공주 남자 친구가 되고 싶어서 서희 품에 안겼다. 공주 남자 친구는 왕자다. 오훈범은 왕자가 되고 싶었다. 물론 오훈범 마음을 내가 들여다보지는 못하니 어디까지나 내가 어림잡아 헤아렸을 뿐이다.

서희 아빠가 돈이 많아서 오훈범을 차지하지 못했다고 믿은 나는 한동안 아빠를 미워했다. 아빠가 서희 아빠만큼 돈을 많이 벌지 못해서 내가 오훈범과 사귀지 못한다고 생각했기 때문이다. 그래서 툭하면 아빠에게 짜증을 냈고, 아빠는 까닭도 모르고 내 미움을 고스란히 받았다. 내가 오훈범을 좋아하는 줄은 아무도 몰랐고, 아빠에게 짜증을 내는 까닭도 몰랐기에 내가 아빠에게 짜증을 낼 때면 누구도 나를 달래지 못했다. 시간이 흐르면서 오훈범이 서희와 사귀는 까닭이 꼭 돈 때문만은 아님을 받아들인 뒤에야 아빠를 미워하는 마음이 누그러졌다.

내가 오훈범을 좋아하는 줄은 아무도 몰랐지만 나를 좋아하는 남자애는 다들 알았다. 신지훈은 유치원 또래 가운데 키가 가장 컸다. 이제 와서 떠올려보면 오훈범보다 훨씬 잘생겼다. 키도 크고 잘생긴 신지훈이었지만, 오훈범에 붙잡힌 내 눈은 신지훈이 지닌 멋스러움을 알아보지 못했다. 신지훈이 나를 좋아한다는 말은 엄마에게 들었다. 신지훈 엄마와 가깝게 지내던 엄마가 어느 날 드러내서는 안 되는 엄청난 일을 알려준다는 투로 내게 말했다.

"아니, 다미야 글쎄~ 신지훈이~ 널 ~~ 좋아한대."

엄마 목소리는 호들갑스러웠고 살짝 떨리기까지 했다. 딸을 좋아하는 첫 남자를 알면 다들 저렇게 들떠야 할까? 나도 나중에 딸을 낳은 엄마가 되면 저렇게 될까?

"그래?"

나는 시큰둥하게 대꾸했다. 그러고는 아무렇지 않게 하던 일을 마저 했다. 얼굴빛이 바뀔 만큼 들떴던 엄마는 아무렇지 않게 대꾸하는 나를 보고는 고개를 갸우뚱했다.

"넌 아무렇지도 않니? 남자애가 널 좋아한다잖아?"

엄마는 나를 나무라듯이 말했다.

"좋아하라고 해."

나는 꼬리치는 강아지에게 살코기 한 점 던져주듯이 말했다.

"허 참! 애 봐."

엄마는 팔짱을 끼고 고개를 살짝 기울이고는 나를 한참 쳐다봤다. 엄마는 꽁꽁 감춰놓은 내 속내를 알아내려고 애썼다.

'신지훈이 아니라 오훈범이라면……'

이런 내 속마음을 엄마에게 들키지 않으려고 나는 아무렇지 않은 척하며 하던 일을 끝까지 했다. 한참 나를 지켜보던 엄마는 팔짱을 풀고 혀를 끌끌 찼다.

"어떻게 조그만 애가 속마음을 하나도 모르게 꽁꽁 감출까?"

엄마 말처럼 나는 아주 어릴 때부터 겉으로 내 마음을 잘 드러내지 않았다. 왜 그런지는 나도 잘 모르겠다. 그냥 타고나기를 그러나보다 할 뿐이다. 아무튼 나는 오로지 오훈범만 바라봤기에 신지훈이 날 좋아하든 말든 마음에 두지 않았다.

유치원 다니던 애들이 그대로 초등학교에 올라갔다. 초등학교에 다닐 때도 나는 오훈범을 좋아하고, 신지훈은 나를 좋아하고, 오훈범은 서희와 알콩달콩 지내는 날들이 이어졌다. 우리가 2학년이 될 무렵, 서희가 미국으로 떠났다. 한동안 오훈범은 서희를 잊지 못하고 그리워했다. 옆에서 지켜보기 안쓰러울 만큼 힘들어했다. 서희가 떠나고 남은 빈자리를 내가 차지하려고 마음먹고 오훈범에게 다가갔다. 그런데 오훈범에게 다가가는 애가 나 말고도 많았다.

유치원 때부터 오훈범을 좋아했던 수많은 여자애들이 서희가 떠난 자리를 차지하려고 알게 모르게 다퉜다. 틈을 봐서 오훈범에게 내 마음을 보여주고 싶었지만, 오훈범 옆에는 늘 여자애들이 지나치게 많았고, 나는 내 속내를 건넬 틈을 찾아내지 못했다. 나뿐 아니라 그 누구도 오훈범과 따로 떨어져서 만날 틈이 없었다. 한 명이 그럴만한 낌새를 보이면 여러 애들이 다가들어 오훈범과 단 둘이 있지 못하게 만들었다.

서희만 그리워하던 오훈범은 수많은 여자애들 속에서 지내다 저절로 서희를 잊었고, 누구 한 명이든 고르려고 했다. 수많은 애들이 다투던 끝에 서희가 떠난 빈자리를 차지한 애는 서희 못지않게 예쁜 애였다. 서희 자리를 꿰찬 애 이름은 생각나지 않는데 예쁜 얼굴만은 뚜렷하게 떠오른다. 예쁜 애는 서희처럼 돈이 많은 아빠는 없었다. 그저 그런 집이었다. 그때서야 나는 오훈범이 돈이 아니라 얼굴을 먼저 본다는 점을 받아들여야만 했다. 내 얼굴이 못나지는 않았지만 오훈범이 끌릴 만큼 예쁘지는 않았다. 그때부터 나는 예쁘지 못한 내 겉모습 때문에 많이 힘들었고, 겉치레를 꾸미는데 많은 힘을 쏟았다.

내가 오훈범만 바라볼 때도, 오훈범 곁을 차지하려는 다툼을 벌였을 때도, 오훈범을 놓치고 괴로워할 때도, 신지훈은 꿋꿋하게 나를 좋아했다. 틈만 나면 신지훈은 내게 다가왔고, 좋아한다는 말도 여러 번 했다. 그러나 나는 신지훈이 가까이 다가오면 멀리 떨어지라고 쏘아붙였고, 좋아한다는 말을 들어도 대꾸조차 안 했으며, 아무리 좋은 선물을 내밀어도 거들떠보지 않았다. 이처럼 내가 매몰차게 굴어도 신지훈은 꿋꿋하게 나를 따라다니며 내 옆에서 나만 바라봤다. 그러나 나는 언제나 오훈범 해바라기였다.

오훈범이 예쁜 여자애만 좋아하던 말던 나는 오훈범이 좋았다. 오훈범은 어린 내 마음에 우뚝 자리 잡은 왕자님이었다. 나는 공주가 아니라 몸종이었다. 이룰 수 없는 사랑을 애타게 바라며 왕자님만 하염없이 바라보는 몸종이었지만, 왕자님 옆에만 있다면 몸종이라도 좋았다.

내가 그러거나 말거나 신지훈은 틈만 나면 나에게 좋아한다고 말했고, 나는 그럴 때마다 매몰차게 '싫다'고 말해주었다. 신지훈이 나에게 다가오고 나는 '싫다'고 내치는 일이 여러 번 되풀이되었다. 가랑비에 옷 젖는다는 말은 그때 내 마음에 딱 어울렸다. 거듭될수록 말은 싫다고 했지만 어느새 나는 신지훈이 그리 싫지 않게 됐다. 아니 신지훈이 나를 좋아한다고 말할 때마다 속으로는 슬금슬금 웃음이 나왔다. 신지훈이 나를 챙겨주면 좋았고, 더 챙겨주길 바랐다. 물론 이런 마음을 겉으로는 단 한 번도 드러내지 않았다. 내겐 오훈범이 먼저였고 신지훈은 그 다음이었다.

내 마음 속 왕자님이던 오훈범은 초등학교 3학년 겨울방학 때 서희처럼 미국으로 떠났다. 수많은 여자애들이 눈물로 오훈범을 보냈다. 나는 눈물 한 방울 보이지 않았다. 남들 앞에선 꾹 참았지만 내 방에 혼자 있게 되자 이불 속에 들어가 펑펑 울었다. 그렇게 내 왕자님은 떠나갔고, 빈자리는 조금씩 신지훈이 밀고 들어왔다.

초등학교 4학년이 되고 며칠 지나지 않은 어느 날, 신지훈이 또다시 나에게 좋아한다고 말했다. 제법 멋진 옷을 입고 나타나서 둘만 있을 때 달콤하게 속삭이던 '좋아한다'는 말은 내 가슴을 꽤나 설레게 했다. 그때 처음으로 나는 싫다는 말을 하지 않았다. 그렇다고 받아들이지도 않았다. 그냥 새침하게 이렇게 말했다.

"알아."

'알'은 살짝 굴리고 '아'는 미끄러지듯 흘렀다.

신지훈 눈길이 내 입술에서 떠날 줄 몰랐다.

"알긴 아는데……."

'아는데'를 길게 늘였다. 신지훈은 내 입에서 더 많은 말이 나오기를 기다리는 눈치였지만, 내 말은 딱 거기서 멈췄다. 내 입술에서 눈을 떼지 못하던 신지훈은 더는 내게서 말이 나오지 않자 뭘 어떻게 해야 할지 모르는 얼굴이 되었다. '알아', '알긴 아는데'에 담긴 뜻이 무엇인지 찾아내려고 애쓰는 모양이었다. 신지훈이 내 뜻을 알아차리려고 힘들게 머리를 굴리든 말든 나는 그 자리를 떠나 버렸다.

'알아'란 '아니까 조금 더 애써 보라'는 뜻이다. 정말 싫으면 싫다고 말하는 내가 싫다고 말하지 않았다. 처음에 신지훈이 나에게 좋아한다고 말했을 때 나는 싫다고 말했다. 그때는 정말 사귀기 싫었다. 내게는 오훈범밖에 없었다. 신지훈이 나를 좋아하는 마음을 버려주기를 바랐다. 신지훈이 나를 좋아한다는 이야기가 오훈범 귀에 들어가지 않기를 바랐다. 얼마만큼 시간이 흐른 뒤에는 신지훈이 좋아한다고 말해도 나는 아무런 대꾸를 하지 않았다. 너에게 넘어갈 생각은 전혀 없지만 날 좋아하든 말든 네 마음대로 하라는 뜻이었다. 그때부터 신지훈이 조금씩 내 마음 한 구석에 자리했다. 물론 아주 작은 한 귀퉁이일 뿐이었다.

그러나 '알아'란 아무 말도 안했을 때랑 견주면 아주 엄청나게 많은 마음자리를 신지훈에게 내준 셈이다. 신지훈은 이런 내 마음을 알까? 모르면 그만이다. 이런 말도 알아차리지 못하는 애랑은 사귈 생각이 없었다. '알아'란 두 글자에 그런 뜻이 담긴지 어떻게 알 수 있는지 따지고 싶은 남자도 있겠지만, 그런 남자는 여자를 사귀면 안 된다. 왜냐하면 여자 마음을 제대로 몰라줘서 툭하면 여자에게 아픔을 주고, 다툼이 끊이지 않을 게 뻔하기 때문이다.

아무튼 '알아'란 빈틈을 내준 말로 그 뜻을 풀이하면 다음과 같았다.

'네 마음은 아는데, 나는 아직 마음이 움직이지 않아. 그렇다고 네가 싫다는 말은 아니야. 그러니까 나를 잡고 싶으면 내가 너와 사귈 마음이 들게 애써 봐'

나도 내 마음을 알 수 없었다. 신지훈이 조금씩 끌리기는 하는데 사귀고 싶은 마음까지 들지는 않았다. 사귈지 말지 헤매는 마음이 '알아'란 말로 삐죽 밀고 나왔다. 나도 나를 잘 모르는 가운데 나온 말이 '알아'였다.

여러 남자를 만나면서 같은 낱말이라도 남자가 쓸 때와 여자가 쓸 때 뜻이 다르다는 점을 알았다. 여자가 남자에게 사귀자고 말했는데 남자가 "알아!" 하고 대꾸했다면 이는 말 그대로 '안다'는 뜻이다. 너도 알고, 나도 알고, 친구들도 알고, 옆에 있는 애들도 안다는 말이다. 남자는 낱말 뜻에 담긴 말뜻을 있는 그대로 쓴다. 남자 입에서 나오는 낱말은 말뜻 그대로 받아들이면 된다. 많은 여자들이 남자 입에서 나오는 낱말을 여자들이 쓰는 낱말 뜻으로 받아들이기도 하는데, 그러면 안 된다. 남자가 쓰는 낱말을 여자가 쓰는 낱말로 받아들이기 때문에, 많은 여자들이 굳이 겪지 않아도 되는 아픔을 겪는다. 여자가 말하는 '알아'와 남자가 말하는 '알아'는 다르다. 남자와 여자는 다르다. 여자를 사귀려면 남자도 여자가 쓰는 낱말을 알아야 하며, 남자를 사귀려면 여자들도 남자들이 쓰는 낱말이 '낱말 책에 담긴 뜻' 그대로일 뿐이라는 점을 알아야 한다.

4학년이 돼서 짝꿍을 한 달에 한 번씩 바꿨는데, 나는 신지훈과 짝꿍이 되었다. 짝꿍이 아닐 때는 틈만 나면 나에게 오던 신지훈이 짝꿍이 되고서는 나와 말도 잘 안 하고, 자꾸 데면데면했다. 나는 그런 신지훈이 마음에 들지 않았다. 그래서 어느 날 신지훈 책상 위에 놓인 색종이를 확 낚아채서 휘갈겨서 글을 쓴 뒤에 신지훈에게 던졌다.

'너 이제 나 안 사랑해?'

내가 색종이에 쓴 글이다. 이제와 그때를 떠올리면 혼자 침대에 누워 이불을 뒤집어쓰고 발길질을 할 만큼 오글거린다. 나도 그때 내가 왜 그랬는지 모르겠다. 신지훈이 좋아졌을까? 아니면 나를 좋아한다던 애가 멀어지려는 낌새가 나자 아쉬워서 끌어당기려 했을까? 잘 모르겠다. 아무튼 내가 던진 쪽지는 제대로 신지훈을 건드렸다. 신지훈은 어쩔 줄 몰라 하며 나에게 매달렸다.

"사랑하지. 그런데 내가 널 좋아하는 줄 다 아는데… 짝꿍으로 있으니까 부끄럽잖아."

말을 하는 신지훈은 귀까지 빨개졌고 손까지 떨렸다.

나는 겉으로는 아무렇지 않은 척했지만 속으로는 싱긋 웃었다. 신지훈을 제대로 끌어당겨서 내 옆에 묶어버렸다고 생각했다. 유치원 때부터 나를 좋아해주는 남자, 내가 누구를 바라보던 나만 바라봐 준 남자, 이런 남자라면 사귀어도 되지 않을까 생각했다. 다음에 또 신지훈이 나에게 좋아한다고 말한다면, 나와 사귀자고 말한다면, 못이기는 척하고 받아주겠노라고 마음먹었다. 신지훈이라면 내 첫사랑 자리를 차지할 만하다고 여겼다.

색종이 일이 벌어지고 며칠 뒤였다. 내가 다니던 초등학교에서는 수요일 아침이면 선생님이 책을 읽어주었다. 책상과 의자를 모두 뒤로 밀고 바닥에 옹기종기 모여 앉아 선생님이 읽어주시는 동화책을 듣는다. 내가 가장 좋아하는 시간이었다. 그날도 잔뜩 설레는 마음으로 선생님을 바라보며 앉았다. 선생님이 동화책을 들고 막 읽으려고 하실 때 갑자기 속이 울렁거렸다. 동화책에 마음을 모으려고 해도 잘 되지 않았다. 속이 부글부글 끓으며 배가 뒤틀렸다. 나는 얼른 손을 들었다.

"선생님, 저 토하고 싶어요."

동화책을 읽으시던 선생님은 책을 뒤집어서 무릎에 놓았다.

"그럼 빨리 화장실에 가."

나는 곧바로 일어나 문 쪽으로 걸어갔다. 무언가 입 쪽으로 치밀어 올랐다. 나이가 더 들었다면 화장실 갈 때까지 참아냈겠지만 그때 나는 겨우 11살이었다. 입을 틀어막고 버텨내기엔 아주 어린 나이였다. 문을 열자마자 속이 뒤집어졌고 그대로 토하고 말았다.

다시 동화책을 읽으려던 선생님은 깜짝 놀라 뛰어나오셨다.

"다미야, 무슨 일이야?"

바닥에 앉아 있던 신지훈은 선생님만큼 빠르게 뛰어왔다. 나는 어쩔 줄 모르고 문틀에 기댄 채 서 있었다. 애들은 다가오지 않았다. 신지훈은 나를 보더니 얼른 청소도구함이 있는 곳으로 가서 쓰레받기와 걸레를 들고 왔다. 선생님과 신지훈은 힘을 합쳐 내가 토한 찌꺼기들을 재빨리 치웠고, 문 앞은 곧바로 깨끗해졌다.

화장실에서 입을 헹구고 다시 돌아오니 신지훈이 걱정스럽게 날 맞았다.

"속은 괜찮아?"

나는 아무 말도 않고 책상에 엎드렸다.

"속상해 하지 마. 깨끗이 치웠으니까 마음 안 써도 돼."

신지훈은 그날 내내 나를 달래고 다독였지만 내 마음은 뒤집어진 배만큼 엉망이었다. 더러운 내 속을 다 드러낸 느낌이었다. 꽁꽁 감춰둔 채 결코 보여주고 싶지 않은 더러운 내 모습을 들키고 나니 남부끄러워 얼굴을 들 수가 없었다. 가까운 친구에게도 보여주고 싶지 않은 모습을 사귀겠다고 막 마음먹은 남자에게 들키고 말다니, 땅속으로 숨어버리고 싶을 만큼 끔찍했다.

그날 뒤로 나는 신지훈을 멀리했다. 신지훈이 다가오면 모질게 굴었다. 신지훈도 얼마 지나지 않아 내 차가움이 옛날과 같지 않음을 느끼고는 더는 내게 다가오지 않았다. 유치원 때부터 나를 좋아했던 신지훈은 그렇게 내 곁을 떠났다. 아니, 내가 떠나보냈다.

순정만화처럼 찾아온 첫사랑

: 11살 가을 코스모스 향기를 닮은 **민규**

민규는 초등학교1학년 때 아주 가깝게 지냈던 남자아이다. 민규 하면 떠오르는 모습은 하얀 살결이다. 민규는 살결이 하얗다 못해 눈부셨다. 민규 엄마 말에 따르면 태어난 바로 그때에도 살결이 정말 고와서 여자아인 줄 알았다고 했다.

민규는 어려서부터 천식을 앓아서 바깥에서 잘 놀지 않았다. 나와 가까이 지낼 때도 늘 집안에서만 놀려고 해서 답답했다. 어쩌다 운동장에서 놀 때면 몇 분도 지나지 않아서 귀퉁이에 앉아 천식흡입기를 들고는 '스파스파' 하며 괴로워하니 밖에서는 제대로 놀 수가 없었다. 타고난 하얀 살빛에 천식까지 앓으니 살결이 눈부시게 빛날 수밖에 없었다. 민규 살빛에 내 살빛을 견주면 부끄러워서 얼른 내 살을 감추고 싶었다.

1학년 여름방학 때 민규는 한동안 따뜻한 바닷가에서 지내다 왔다. 방학이 끝날 때 쯤 나와 만났는데 나를 보자마자 대뜸 이렇게 말했다.

"나 바닷가에서 엄청 놀았다. 내 살 봐! 많이 탔지?"

그러면서 팔뚝을 내보이는데 아무리 봐도 나보다 더 하얀 살결이었다. 여름 내내 어디 놀러가지도 않고 햇빛 한 번 제대로 받지 못한 나보다 더 하얗게 보였다. 어디 가서 살결을 하얗게 만드는 치료라도 받고 온 듯했다. 골이 난 나는 민규에게 뾰로통하게 쏘아붙였다.

"뭐, 이 바보야! 여름 내내 태운 살결이 이만큼이면 내 살은 뭐니?"

'바보'는 그때 내가 아는 낱말 가운데 가장 심한 욕이었다.

오훈범을 좋아하고 신지훈이 나를 짝사랑하던 그때에 민규는 내가 마음 놓고 노는 단짝이었다. 민규는 1학년 겨울방학 때 외국으로 나갔고 4학년 2학기에 다시 나타났다.

민규가 돌아온 날은 뚜렷이 기억난다. 나는 민규가 다시 돌아온지도 모른 채 학교로 갔다. 그때 나는 자이리톨 껌을 씹으며 교실 문을 열었다. 별 생각 없이 내 자리에 가 앉았다. 그때였다.

"어디서 자이리톨 냄새가 나지 않냐?"

나는 화들짝 놀라며 목소리가 나는 쪽을 봤다. 열린 창문 사이로 따스한 가을 햇살이 스며들고, 살랑살랑 불어오는 가을바람에 커튼이 휘날리는 사이로 만화에서 튀어나온 왕자와 같은 남자가 보였다. 살결은 눈부시게 하얗고 머릿결은 밤하늘보다 까맸다.

"누가 자이리톨 껌 씹는 모양이네. 누구지?"

민규는 아주 느리게 얼굴을 돌려 내 쪽을 봤다. 눈길이 뒤엉켰다. 부지런히 껌을 씹던 턱이 브레이크를 밟은 듯 멈췄다. 햇살과 바람과 커튼을 뒤로 하고 책상에 걸터앉은 채 고개만 살짝 돌려 나를 바라보는 남자 아이는 아무리 봐도 만화 속 주인공이었다. 어딘지 익숙한 듯 익숙하지 않은 얼굴이었다. 이름이 떠오를 듯 떠오르지 않았다. 하얀 얼굴, 하얀 살결, 그때서야 나는 1학년 때 단짝이었던 민규가 떠올랐다. 갑자기 가슴이 뛰었다. 에로스 신이 쏜 화살이 내 가슴을 뚫고 지나간 듯했다.

내 얼굴은 나도 모르게 붉어졌고 두근거리는 마음을 들키기 싫어서 얼른 밖으로 뛰어나갔다. 화장실로 간 나는 차가운 물로 몇 번이나 얼굴을 씻었다. 거울을 보는데 벌겋게 달아오른 채 물기를 잔뜩 머금은 얼굴이 멍청해보였다. 휴지로 얼굴을 닦아내고 바깥 바람을 쐰 뒤, 여러 번 숨을 깊이 들이키고서야 교실로 돌아왔다.

1교시에 선생님은 민규가 1학년 때 우리 학교를 다니다 외국에 갔다가 이제 다시 왔다고 말해주었다. 민규는 쉬는 시간이면 스스럼없이 애들에게 다가가 이야기를 나누었다. 하루가 다 지나기도 전에 민규는 딱 한 명 빼고 모든 애들과 얼굴을 텄다. 민규가 말을 걸지 않은 딱 한 명이 바로 나였다. 어쩐 일인지 민규는 나에겐 아무런 말을 하지 않았다. 나도 민규에게 아무 말도 건네지 않았다. 아니 건넬 수 없었다. 민규만 쳐다보면 가슴이 뛰고 얼굴이 빨개지는 느낌이 들어서 민규 쪽으로 눈길도 주지 않으려고 애썼다.

둘째 날 점심 때 민규는 남자애들과 함께 나가 축구를 했다. 내 마음을 들킬까 봐 안보는 척하며 커튼 틈으로 슬쩍 봤는데 민규는 꽤 축구를 잘했다. 1학년 때 툭하면 천식흡입기를 들고 스파스파 하며 운동장 귀퉁이에서 힘들어하던 민규가 아니었다. 살결은 그때만큼 하얗게 빛났지만 몸은 그때와 견줄 수 없을 만큼 튼튼했다. 남자다움이 물씬 풍겼다.

민규가 돌아온 셋째 날에도 나는 민규와 말을 나누지 않았다. 안 보는 척하면서 꾸준히 민규를 살폈지만 민규는 단 한 번도 내 쪽을 쳐다보지 않았다. 남자애 여자애 가리지 않고 틈만 나면 수다를 떨고 어울려 놀면서도 왜 나에겐 눈길조차 주지 않는지 궁금했지만 물어보지는 않았다.

넷째 날도 달라지지 않았다. 내 안에 일렁이던 떨림은 서서히 잦아들었고, 1학년 때 그렇게 가깝게 지냈으면서도 모르는 척하는 민규에게 나도 모르게 부아가 치밀었다. 내 입에서 풍기는 자이리톨 냄새를 맡았을 때 느꼈던 놀라움과, 햇살보다 빛나던 얼굴빛이 주던 눈부심이 가시면서 씁쓸한 입맛이 몸 가득 퍼졌다. 괜히 혼자 좋아하다가 나만 작아진 느낌이었다. 나는 놀라움도, 설렘도, 눈부심도, 모조리 구깃구깃 구긴 뒤 수업을 마치고 나갈 때 쓰레기통에 던져버렸다.

그날, 내 뒷자리 친구인 수미와 함께 교문을 나서다 우리는 웅성거리는 애들을 보고 저절로 그쪽으로 발길을 옮겼다. 애들 발길이 모인 곳에는 귀여운 햄스터가 있었다. 까무잡잡해 보이는 아저씨가 대여섯 마리 햄스터를 팔았다. 애들은 햄스터가 귀염을 떨때마다 깔깔거렸다. 맑은 웃음이 햄스터를 둘러쌌다. 수미는 햄스터에 바짝 다가들어 사랑스럽게 바라봤다. 누가 봐도 사고 싶어서 어쩔 모르는 얼굴빛이었다. 사지 못하면 눈 안에라도 콕 넣어서 가져갈 듯했다. 아저씨는 수미 마음을 알아채고는 어린 햄스터를 수미 손에 올려주었다. 햄스터는 손바닥에서 꼬물거리며 수미 마음을 훔쳤고, 수미는 망설이다가 주머니에서 돈을 꺼내고 말았다.
"엄마가 뭐라고 하시지 않을까?"
내가 걱정하며 말했다. 나도 2학년 때 학교 앞에서 병아리를 사왔다가 엄마에게 혼쭐이 난 적이 있다. 울며불며 키우겠다고 억지를 부렸지만 엄마는 어린 병아리를 나도 모르는 어딘가로 보내버렸다.

"잘 말씀드려 봐야지. 귀엽잖아. 나 진짜 키우고 싶어."

수미는 잠깐도 햄스터에게서 눈을 떼지 않았다.

다음 날, 수미는 얼굴이 퉁퉁 부은 채 학교에 왔다. 눈두덩 둘레가 빨갰다. 엄청 운 모양이었다. 책상 위에 놓인 햄스터를 보니 수미가 집에서 어떤 일을 겪었는지 알만했다.

"엄마가…훌쩍훌쩍… 갖다 버리래… 훌쩍훌쩍…죽으면 어떻게 하냐고, 불쌍하다고 했는데…훌쩍훌쩍…그래도 갖다버리래…안 그러면 엄마가 버리겠다고…훌쩍훌쩍……."

떼도 써보고, 투정도 부리고, 울고불고 발버둥도 쳐봤지만 엄마는 꼼짝도 안한 모양이었다.

"내가 어제 말했잖아. 어휴, 그나저나 햄스터는 어떻게 하냐?"

"몰라, 나 정말 키우고 싶은데……."

수미는 작은 손끝으로 부드럽게 쓰다듬으며 한없이 사랑스런 낯빛으로 햄스터를 봤다. 나도 수미와 한마음이 되어 걱정을 하는데, 웅성거리는 소리가 나더니 몇몇 남자애들이 몰려왔다.

"와! 햄스터다!"

"진짜? 햄스터라고?"

"짱, 귀엽다!"

몰려든 남자애들이 수미 자리를 둘러쌌다. 처음엔 바라보기만 하던 애들은 수미 손을 밀치고는 햄스터를 만졌다.

"그만해. 작은 애기야. 함부로 만지지 마!"

수미가 남자애들을 말렸지만 누구도 수미 말을 듣지 않았다. 처음엔 쓰다듬기만 하더니 너도나도 햄스터를 손에 올려놓으려 했다. 다른 애들도 몰려들면서 수미 자리는 남자애들로 바글바글했다. 햄스터는 이손에서 저손으로 끊임없이 옮겨졌다. 너도나도 만지려하고, 제 손에 올리려고 하다 보니 바닥에 떨어질 뻔하기도 했다.

"야! 그러지 마! 아직 애기란 말이야! 잘못하면 죽어!"

수미가 햄스터를 되찾아 오려 했지만 짓궂은 남자애들 무리를 이겨낼 수는 없었다. 남자애들 손에서 손으로 옮겨지는 햄스터는 부들부들 떨면서 작은 눈을 굴렸다. 몸이 얼어붙은 듯 보였다. 저러다 진짜로 죽을 듯했다.

나는 남자애들 뒤로 몰래 다가가서 확 밀치고 들어갔다. 그러고는 한 남자애 손에 있던 햄스터를 내 손으로 감쌌다. 그러고는 재빨리 뒤로 물러났다.

"야, 너 뭐야?"

"네 햄스터도 아닌데 왜 그래?"

남자애들은 내 손에서 햄스터를 빼앗으려고 내 쪽으로 다가왔다. 나는 손을 가슴에 모은 채 뒷걸음질을 쳤다. 남자애들이 눈을 부라리며 나에게 손을 뻗었다. 나는 슬금슬금 뒤로 물러나다 무언가에 걸려 더는 나가지 못했다. 짐승 같은 손들이 곧 내 손에서 가여운 햄스터를 빼앗아 가려 할 때였다.

"야, 뛰어!"

억센 손이 내 몸을 잡아끌었다. 내 어깨를 감싼 채 나를 이끌었는데, 나는 두 손을 꼭 모으고 누군지 모르는 애에게 이끌려 뛰었다. 어린 햄스터를 떨어뜨리지 않으려고 눈은 내 손만 바라봤다. 나는 어디로 가는지 알지도 못한 채 뛰었다. 처음에는 햄스터를 내놓으라고 소리치는 남자애들 목소리가 들렸지만 조금 뒤엔 들리지 않았다. 그래도 우리는 멈추지 않고 뛰었다. 어딘지 모를 곳에 이른 뒤에야 우린 쪼그리고 앉았다.

"여기까지는 못 쫓아오니까 마음 놔!"

남자애 목소리가 들렸다. 목소리를 들었지만 누군지 알아채지 못했다. 내 눈은 햄스터를 감싼 내 손만 보았고, 내 마음은 햄스터가 일없이 있는지에 쏠렸다. 부드러운 손이 내 손을 만졌다. 흰빛이 반짝이는 손이었다. 흰 손이 내 손에게 옆으로 열라고 살포시 속삭였다. 가을바람 같은 이끌림에 따라 내 손이 열렸고, 꼼짝도 않고 말똥말똥 눈을 뜬 햄스터가 보였다. 잠깐 가만히 있던 햄스터는 꼬물거리며 움직였다. 손바닥이 간지러웠다.

"괜찮아 보인다. 그지?"

다시 남자애 목소리가 들렸다. 목소리에서 코스모스 내음이 묻어났다. 가을바람이 부르는 노래에 맞춰 가벼운 춤을 추던 코스모스들이 내 얼굴을 슬며시 간지럽혔다.

"정말 큰일 날 뻔했다."

가을햇살보다 반짝이는 흰빛을 머금은 손가락이 햄스터를 쓰다듬었다. 손끝에서 빛이 났다. 어릴 때부터 눈에 익은 살결이었다.

"고마워."

이제 내 눈엔 햄스터가 들어오지 않았다. 오직 민규 손만 보였다.

"다미야, 나… 너… 좋아하는데…."

햄스터를 쥔 손이 나도 모르게 뜨거워졌다.

"나랑 사귀자."

그때 쓰레기통에 구깃구깃 버렸던 떨림이 튀어나와 내 손으로 옮겨 붙었다. 민규가 알아차릴 만큼 내 손이 떨렸다.

"그렇게 떨다가는 햄스터 떨어뜨리겠다."

하얀 손이 내 손을 꼭 감쌌다.

"너도 내 마음과 같은 마음? 그럼 이제 우리 사귀는 거야?"

나는 말없이 고개를 끄덕였다.

나와 민규를 이어준 햄스터는 내가 집에 데려가서 키웠다. 나중에 민규에게 처음 며칠 동안 왜 날 모른 척했냐고 물어봤더니 이렇게 말했다.

"자이리톨 냄새를 맡을 때부터 너를 좋아했어. 너에게 사귀자고 말하고 싶은데, 너는 나를 모른 척해서 다가갈 수가 없었어. 네가 날 싫어하나 보다 생각했지."

햄스터가 없었다면 나와 민규는 서로 마음도 모른 채 이어지지 않았을지도 모른다. 햄스터 덕분에 나는 처음으로 연애를 했다. 처음 내 마음에 들어온 남자는 오훈범이었고, 처음 나를 좋아해준 남자는 신지훈이었지만, 내 마음을 처음 훔친 남자는 민규였다.

우리 사랑은 순정만화처럼 이어졌고 사귈 때도 순정만화처럼 달콤했다. 민규는 초등학교 4학년답지 않게 든든했다. 나는 어딜 가나 씩씩한 척하려고 애썼다. 약해 보이지 않으려고 괜히 세게 말하고, 남자애들과도 일부러 괄괄한 놀이를 했다. 그러나 민규와 사귀면서는 그러지 않아도 되었다. 든든하고 씩씩한 민규가 내 옆을 지켰기에 나는 그냥 타고난 내 됨됨이 그대로 있어도 되었다. 태어나서 처음으로 나는 있는 그대로 내 모습으로 지냈다.

그러나 안타깝게도 우리 사랑은 오래 가지 못했다. 가을 코스모스 바람에 실려 찾아온 사랑은 겨울 눈보라에 실려 떠나갔다. 민규네가 먼 나라로 이민을 가버렸기 때문이다. 민규는 말 그대로 어느 날 갑자기 떠나버렸다. 그때 맛본 아픔은 내 마음 깊은 곳에 똬리를 틀었고, 그 뒤로도 틈만 나면 꿈틀거리며 나를 괴롭혔다.

민규와 사귀며 꾸밈없는 내 모습을 찾았던 나는, 다시 나를 가리는데 힘을 쓰고 안 좋아도 괜찮은 척 하느라 애 먹었다. 남자애들과 싸우고, 괄괄한 척하고, 센 척하며 지냈다. 여러 남자애들을 사귀었지만 이러다 갑자기 떠나면 어쩌나 하는 걱정으로 내 마음을 오롯이 다 주지도 않았다.

내가 민규와 오래도록 사귀었다면 어땠을까? 내 첫사랑이 그렇게 얼토당토않게 끝나지 않았다면 어땠을까? 겪어보지 않아서 모르긴 하지만, 아무리 생각해도 이제까지 살아왔던 삶보다는 훨씬 밝은 빛으로 채워졌으리라고 믿는다. 그래서 얼룩이 잔뜩 묻은 내 삶을 떠올릴 때마다 안타까운 내 마음엔 민규가 떠나던 날 불었던 쓸쓸한 겨울바람이 다시 찾아든다.

쓸쓸한 겨울바람이 불던 다음 날, 햄스터가 까닭 모르게 죽었다. 마치 우리 어린 사랑처럼 갑자기.

이불 뒤집어쓰고 발길질

: 13살 제 잇속만 차린 못된 **박재호**

이제 내 삶에서 가장 어두운 얼룩을 얘기할 차례다. 사랑 이야기에 굳이 꺼내고 싶지 않은 얼룩이긴 하지만, 이 얼룩을 다루지 않으면 그 뒤에 박재호와 얽힌 얘기를 풀기 어려워서 어쩔 수 없이 꺼낸다.

민규가 떠나고 맞이한 5학년은 끔찍하게 허전했다. 가슴에 난 큰 구멍을 무엇으로든 채우려고 발버둥쳤다. 그래서 일부러 친구들과 더 어울렸다. 함께 죽이 맞아 어울리던 애들이 나까지 다섯이었다. 그 아이들 중에 민희가 있었다. 어느 날 민희가 따로 나를 부르더니 내게만 털어놓는다면서 이렇게 말했다.

"같은 학원에 다니는 현주가 나를 정말 힘들게 해. 툭하면 나를 쫓아오고, 내가 싫다는데도 찰싹 달라붙어 귀찮게 하고, 내가 멀어지려고 하면 막 욕하고. 나 정말 걔 싫은데, 너도 알다시피 내가 남 아프게 하는 말 못하잖아. 너는 남자애들이랑 잘 어울리고, 나보다 훨씬 세잖아. 네가 좀 도와주면 안 되겠니?"

민희가 나를 잘못 알았다. 나는 세지 않다. 겉으로 보기에만 그럴 뿐이었다. 그러나 굳이 감춰진 나를 민희에게 다 드러내지는 않았다. 아무튼 민희가 남몰래 나에게만 도와달라고 하니 무척 기뻤다. 내가 누군가에게 꼭 있어야만 하는 사람이 된 듯했기 때문이다. 기꺼이 도와주겠다고 했고, 우리 학교 학생이 아니어서 얼굴도 본 적 없는 현주에게 전화를 걸어 막말을 퍼부었다. 그러나 내가 그렇게 세게 했음에도 그 애는 여전히 민희가 하지 말라는 짓을 멈추지 않았다. 민희 말을 들을 때마다 나는 현주에게 전화를 걸어서 거친 말을 쏟아붙였다.

"어제는 집까지 따라와서 괴롭혔어."

한번은 이렇게 하소연하며 민희가 내게 기대어 펑펑 울었다. 나는 부아가 치밀어 곧바로 현주를 찾아갔고, 드잡이질까지 벌였다. 현주랑 싸우느라 손등에서 피가 나고 머리카락이 수십 가닥 빠졌다.

우리학교에는 잘난 척하고 예쁜 척하며 노는 애들 무리가 있었다. 이른바 일진들이었다. 일이 꼬이려고 그랬는지 모르지만, 현주는 우리학교 일진들과 가까웠다. 일진들이 어느 날부터 나를 괴롭혔다. 처음엔 왜 그런지 까닭을 모르다가 뒤늦게 현주가 뒤에 있음을 알았다. 나는 일진들에게 현주가 내 친구 민희를 괴롭혀서 그러지 말라고 말리다가 서로 싸웠을 뿐이라고 했다. 그런데 일진들 말은 아주 달랐다.

"현주가 민희를 괴롭혀? 말도 안 되는 소리 마! 현주는 한 번도 민희를 괴롭힌 적 없어. 민희가 그런던데? 현주와 가까이 지내고 싶은데 네가 민희한테 현주랑 어울리지 말라고 억지를 부려서 힘들다고 했어. 어디서 거짓말 쳐!"

일진들 말을 듣고서야 나는 민희가 나와 현주를 두고 벌인 못된 짓을 알아차렸다. 왜 그런지는 모르겠으나 민희는 현주와 나를 갖고 놀았고, 나는 아무것도 모른 채 속아 넘어간 뒤 끔찍한 괴롭힘을 겪어야 했다. 내가 일진들에게 괴롭힘을 당하자 민희는 나를 모른 척했다. 민희에게 따져보았지만 내가 거짓말을 한다면서 나를 더욱 못된 애로 몰아붙였고, 그 바람에 나는 일진이 아닌 애들에게도 못된 애라고 소문이 났다. 그 뒤에 겪은 끔찍한 일들은 굳이 여기에 쓰지 않겠다. 다만 죽는 날까지 지워지지 않을 검은 얼룩을 내 삶에 남겼다는 점만 밝혀두겠다.

5학년 2학기부터 6학년 1학기까지 나는 외로움에 사무쳤다. 내 편은 아무도 없었다. 나는 밑바닥까지 혼자였다. 유치원 때부터 나는 엄마에게 내 속을 드러내지 않았기에 그때도 집에서는 괜찮은 척 지냈다. 이 넓은 누리에 나밖에 없는 외로움에 힘겨워하던 내 앞에 나타난 남자가 바로 박재호였다.

지나치게 외로울 때는 연애를 하려고 하면 안 된다. 외로움은 사람을 제대로 알아보는 눈을 가리고, 하염없이 기대게 만든다. 외로움 끝에 다가오는 뜨거운 사랑은 언뜻 멋져 보이지만 결코 그렇지 않다. 깊은 골에서 바라보면 얕은 산도 높아 보인다. 깊은 어둠에 잠겨 허우적대던 내게 박재호가 내민 손길은 나를 살려낼 멋진 동아줄로 보였다. 박재호가 내민 손을 꼭 붙잡고 깊은 어둠에서 빠져나오고 싶었다. 그러나 박재호는 진짜 동아줄이 아니었다. 박재호는 오누이를 쫓던 호랑이가 붙잡았던 썩은 동아줄이었다.

어떤 남자 연예인이 금속 치렛감을 칭칭 감은 옷차림으로 눈길을 끌 때였다. 젊은 남자들이 너도나도 그 연예인을 따라했다. 우리학교 남자애들도 마찬가지였다. 누가 새 금속 치렛감을 몸에 걸치고 나타나면 하루 내내 그 아이 둘레에 남자애들이 들끓었다. 여자애들도 멋진 금속 치렛감을 걸친 남자애들을 좋아했다. 나보다 일곱 살 많은 우리 오빠도 금속 치렛감을 엄청나게 사들였다. 오빠는 대학생이었기에 금속 치렛감을 마음껏 사들였다. 더구나 고등학교 때까지 공부만 하고 지내느라 뭐 하나 사본 적 없는 오빠가 처음으로 멋을 내려고 이것저것 산다고 하니, 엄마는 오빠가 바라는 대로 살 수 있게 팍팍 밀어주었다.

오빠는 넘쳐나게 많은 치렛감을 사들였고, 너무 많았기에 그 가운데 몇 개가 사라져도 알아채지 못했다. 나는 오빠 방에서 팔찌와 목걸이 같은 것을 훔쳐서 몸에 두르고 종종 학교에 갔다. 여느 초등학생 애들이 진짜를 흉내 낸 짝퉁 치렛감을 걸치고 다닌다면 내가 두르고 간 치렛감은 진짜였다. 내가 값비싼 금속 치렛감을 몸에 두르고 가자 남자애들이 나를 바라보는 눈길이 달라졌다. 많은 애들이 내 둘레에 모여서 한번 만져보자고 하며 나에게 상냥한 말을 건넸다. 앞장서서 나를 괴롭히던 애들조차 나를 부드럽게 대했다. 그때 가장 오랫동안 내 곁에 머물며 수없이 내가 걸친 금속 치렛감을 만져보고 놀라워하던 애가 박재호였다.

박재호는 금속 치렛감을 엄청 좋아했다. 여느 남자애들은 별로 좋아하지 않는 귀걸이도 좋아했다. 몰래 귀를 뚫었다가 엄마에게 들켜서 혼나기도 했다. 박재호가 졸라서 금속 치렛감을 몇 번 사주었던 박재호 엄마는, 박재호가 몰래 귀까지 뚫자 더는 사주지 않았다. 용돈도 끊어 버렸다. 미치도록 좋아하는데 용돈도 없으니 박재호는 어떻게든 금속 치렛감을 마련하려고 눈을 부라리며 다녔다. 그런 박재호 앞에 짝퉁도 아니고 진짜 비싼 금속 치렛감을 떡하니 걸치고 내가 나타났으니, 눈이 휘둥그레질 수밖에 없었다.

내가 네 번째로 금속 치렛감을 걸치고 간 날, 박재호가 나에게 사귀자고 손을 내밀었다. 아무와도 친구가 되지 못한 채 한 해 가까이 외롭게 지냈던 내게 처음으로 다가온 손길이었다. 사무치게 외롭지 않았다면 박재호 같은 놈과 사귈 내가 아니었다. 신지훈처럼 오랫동안 꿋꿋하게 나만 바라보거나, 오훈범처럼 잘생겼거나, 민규처럼 멋스러운 남자가 아니면 눈길조차 주지 않던 나였다. 그러나 그때는 이것저것 가릴 느긋함이 없었다. 나는 박재호가 내민 손길이 마냥 반가웠고, 잠깐이라도 머뭇거리면 내민 손을 거둬들일까 봐 얼른 박재호 손을 잡았다.

둘이 사귄지 며칠 되지 않아서 박재호는 내게 금속 치렛감을 달라고 졸랐다. 오빠 치렛감이라고 몇 번이나 말했지만 막무가내였다.

"나는 네가 날 좋아하는 줄 알았는데……."

박재호가 삐진 척하며 시큰둥하게 말했다.

나는 가슴이 쿵 내려앉았다. 오빠 치렛감을 훔쳐서라도 가져다주지 않으면, 박재호가 나와 헤어질지 모른다는 걱정이 나를 짓눌렀다. 어쩔 수 없었다. 박재호에게 오빠 금속 치렛감을 하나 가져다주었다. 내가 금속 치렛감을 가져다주자 박재호는 미친 듯이 좋아하며 나에게 엄청 잘해주었다. 오빠 물건을 훔치는 큰 잘못을 저질렀지만 박재호가 기뻐하니 나쁘다는 생각이 들지 않았다. 그 뒤로 박재호는 틈만 나면 내게 오빠 금속 치렛감을 가져다 달라고 졸랐다. 처음엔 안하겠다고 버티다가도 박재호가 헤어지자는 말을 꺼낼 낌새를 보이면 몰래 훔쳐다 주기를 거듭했다.

그러던 어느 날이었다. 그날도 박재호가 졸라대서 오빠 금속 치렛감 하나를 훔쳐 박재호를 만나러 갔다. 박재호가 친구들과 논다며 나에게 제 집 쪽으로 오라고 했다. 걷기에는 꽤 먼 길을 걸어서 박재호가 사는 동네까지 갔다. 산 아래쪽 빈터에서 박재호를 기다리는데 박재호가 헐레벌떡 뛰어왔다. 나를 보자마자 대뜸 손을 내밀었고, 그 뜻을 알아차린 나는 오빠에게서 훔친 금속 치렛감을 꺼내려 가방에 손을 집어넣었다. 오빠에게 들킬까 봐 깊이 감추었기에 꺼내는 데 조금 시간이 걸렸다. 그때였다. 갑자기 박재호가 나를 확 밀쳤다. 워낙 거세게 밀어서 나는 허우적거리지도 못하고 콘크리트 바닥으로 나뒹굴었다.

"야, 빨리 꺼져!"

박재호가 거칠게 말했다.

"왜 그래?"

"저기 내 친구들 온단 말이야. 소문나면 쪽팔리니까 빨리 꺼져."

언뜻 보니 저쪽에서 박재호 동네에 사는 남자애들이 무리지어 우리 쪽으로 다가오는 모습이 보였다.

"지가 불러놓고, 나보고 꺼지래. 하하."

박재호 말이 어이없어서 나오는 웃음인지, 아니면 내가 딱해서 나오는 웃음인지는 모르지만, 웃음이 피시식 새어나왔다. 내가 피시식 웃자 박재호가 눈을 부라리며 다시 한 번 나에게 꺼지라고 했다. 나는 멀리서 다가오는 박재호 친구들을 설핏 보고는 바닥을 기어서 나무 사이로 몸을 숨겼다. 그러고는 손이 긁히고 옷이 찢겨지는 줄도 모른 채 재빨리 숲을 지나서 도망쳤다. 숲을 빠져 나오니 온 몸이 아팠다. 긁히고 찍힌 곳이 쑤셨다.

그 어느 곳보다 마음이 아팠다. 내가 뭐하는 짓인가 싶었다. 박재호는 나를 사랑하지 않았다. 친구들이 알면 쪽팔릴까 봐 나를 거칠게 밀친 놈이었다. 박재호에게 나는 여자 친구가 아니었다. 그저 제가 바라는 물건을 훔쳐다 주는 부려먹기 좋은 도둑이었다. 내가 생각해도 내가 불쌍했다. 그런 놈에게 오빠가 비싸게 산 금속 치렛감들을 훔쳐다 바친 내가 속상해서 집까지 걸어가는 내내 하염없이 울었다.

며칠 뒤 박재호는 내게 또다시 오빠 물건을 가져가 달라고 말했지만 나는 따르지 않았다. 박재호가 헤어질 수도 있다는 말을 흘렸지만 아랑곳하지 않았다. 그다음 날도 박재호는 또다시 나에게 오빠 물건을 훔쳐오라고 했다. 이번엔 안 된다고 말하기보다는 핑계를 만들었다. 어쨌든 박재호와 헤어지긴 싫었다. 다시 혼자로 돌아가고 싶지는 않았기 때문이다.

"오빠가 눈치 챘어. 한 번 더 했다가는 오빠가 날 가만 두지 않을 낌새야."

그다음 날 박재호에게 문자가 왔다.

'곧 우리도 중학생이니 공부해야지'

낌새가 안 좋았다. 아니나 다를까 곧바로 걱정하던 문자가 왔다.

'그러니까 이제 그만 헤어지자'

헤어지자는 낱말을 읽는데 무언가 울컥 치밀었다. 박재호와 나는 사귀는 사이가 아니었다. 나는 도둑이고 박재호는 장물아비였을 뿐이다. 도둑과 장물아비 사이에 헤어진다는 말은 어울리지 않았다.

'야! 우리가 언제 사귀었냐?'

문자를 보낸 뒤 울화통이 터졌다. 내가 저지른 멍청한 짓을 되돌리고 싶었다. 박재호보다 내가 더 미웠다. 이불을 뒤집어쓰고 수없이 이불에 대고 발길질을 했다. 그때 일을 떠올리면 아직도 뜨거운 불이 가슴 깊은 곳에서 타오르고 어딘가로 숨고 싶다. 그런 더러운 애를 남자 친구라고 믿고 이것저것 다 퍼준 바보 같은 내가 미웠다. 그때 내가 가져다 준 물건들을 다 달라고 말해야 했는데 그러지 못해서 더 내가 미웠다. 나중에 알았지만 박재호는 내가 오빠에게 훔쳐서 바친 금속 치렛감을 비싸게 팔았다고 한다.

내 생각이 맞았다.

나는 도둑이었고, 박재호는 장물아비였다.

사랑이 고프고, 사랑을 빼앗기고

: 14살 연필 돌리는 여자를 좋아한 **양인훈**

중학생이 되면서 나는 어둠에서 조금 벗어났다. 나를 괴롭히던 여자애들 몇몇이 같은 중학교로 갔기 때문에 괴롭힘이 끝나진 않았지만 초등학생 때만큼은 아니었다. 나도 괴롭힘에 이골이 난 터라 웬만한 괴롭힘은 아무렇지도 않았다. 무리지어 다니는 여자애들 틈에 낄 수 없었고 끼고 싶은 마음도 없었다. 여자애들과 어울리지 않고 되도록 남자애들과 가깝게 지냈다. 남자애들과 놀 때는 이것저것 재지 않아서 좋았다. 남자애들과 말다툼도 벌이고, 꼬집고 때리기도 했다. 나는 왈가닥으로 통했고 그런 나를 남자애들은 겉만 여자라고 놀리면서 일부러 장난을 걸었다. 어울리며 지냈던 남자애들이 많았는데 그 가운데 강성준은 가장 가까운 사이였고, 양인훈은 가장 많이 장난치고 싸우는 사이였다.

나는 강성준 집에 틈만 나면 놀러갔다. 같이 컴퓨터 게임도 하고, 보드 게임도 하고, 책도 보고, 먹을거리도 많이 시켜 먹었다. 강성준 집은 엄청난 부자였다. 방이 너무 많아서 어디가 어딘지 헷갈릴 때도 있었다.

한번은 물고기 잡는 게임을 하다가 이런 일도 있었다.

"이런 게임 속 수족관 말고 진짜 수족관에다 물고기 키워보고 싶다."

생각 없이 툭 내뱉은 말이었다. 그런데 강성준은 내 말을 곧이곧대로 받아들였다.

"그래? 그럼 그렇게 하면 되지 뭐."

게임을 하다 말고 강성준이 일어났다.

"갑자기 왜 그래?"

"요 앞 백화점 가서 수족관 사오려고."

나는 어쩔 줄 몰라서 손을 휘휘 저었다.

"아니, 아니야! 그냥 해 본 말이야."

"키우고 싶다며? 안 그래도 심심했어. 백화점 구경이나 가자."

나는 강성준 손에 이끌려 백화점에 갔다.

강성준은 익숙하게 백화점 안을 걸어가더니 수족관 파는 곳으로 갔다. 가자마자 거기서 가장 큰 수족관을 골랐다. 나는 너무나 어이가 없어서 어찌할 바를 몰랐다.

"여기 있는 물고기도 다 넣어서 주세요."

새파랗게 어린 중학생이 큰 수족관과 비싼 물고기들을 사는데도 종업원은 상냥하게 웃으며 말 그대로 따랐다. 강성준은 카드로 돈을 내고는 주소도 알려주지 않고 그냥 나왔다.

"야, 주소는 알려줘야지."

나는 허겁지겁 따라 나오며 말했다.

"내가 누군지 다 알아. 집에 가 있으면 바로 가져다주니까 걱정 마."

진짜 강성준이 한 말 그대로였다. 우리가 집에 온지 10분도 되지 않아서 수족관이 왔다. 수족관을 보고 어이없기도 하고 놀랍기도 했다. 아무튼 수족관 덕택에 한동안 즐겁게 놀기는 했다.

강성준은 내가 뭔가 먹고 싶다는 말만 하면 바로 전화를 걸어서 시켰다. 그만큼 돈이 많았고, 돈 씀씀이가 컸다. 돈이 많았지만 잘난 척하지는 않았다. 키도 웬만큼 컸고 얼굴도 괜찮은 편이었다. 얼핏 따져보아도 남자 친구로 삼으면 딱 좋은 애였다. 그러나 나는 강성준과 사귀고 싶은 마음은 눈곱만큼도 없었다. 강성준은 불쌍한 애였다. 돈은 많았지만 엄마 아빠는 강성준을 돌보지 않았다. 그냥 돈만 마음껏 쓰도록 했다. 집안 청소는 하루에 한 번 오는 아주머니가 했고, 끼니는 모조리 사서 먹었다. 강성준 집에는 치킨상자가 가득했는데, 툭하면 치킨을 시켜먹었기 때문이다. 강성준은 사랑받지 못하고 자라서 늘 사랑에 굶주렸다. 나는 그런 강성준이 불쌍했고 돌봐주고 싶었다. 나라도 옆에서 강성준 말벗이 되고 싶었다. 아직도 강성준과는 친하게 지낸다. 강성준은 그때나 지금이나 사랑에 굶주린 채 뭐든 돈이면 다 되는 줄 안다. 안타까울 뿐이다.

　양인훈은 내 뒤에 앉았는데 난데없이 삐지고 욱하는 때가 많았다. 괜한 트집을 잡아서 나를 건드렸고 그럴 때마다 나는 세게 되받아쳤다. 처음엔 정말 싫어서 싸웠는데 싸우다 보니 나름 가까워졌다. 가까워진 뒤로는 장난 비슷하게 되었고 진짜 싸우지는 않았다. 양인훈은 가끔 선생님께도 욱하고 덤벼들려고 했다. 그때마다 내가 나서서 말렸다. 그러던 어느 날 내가 미처 말릴 새도 없이 양인훈이 선생님께 대들었다가 엄청 혼이 났다. 나는 뒤늦게 선생님께 가서 싹싹 빌었고, 내가 싹싹 빌어 준 덕분에 더 큰일로 번지지 않았다. 그때 양인훈이 내게 엄청 고맙다고 했고, 이것저것 많이 사주었다. 그 뒤로도 우리는 여전히 많이 싸웠지만 나름 꽤나 가까워졌고 정이 생겼다. 아직 어렸던 나는 사랑과 정이 어떻게 다른지 알지 못했다. 그래서 양인훈과 내 사이에 싹튼 정을 사랑으로 받아들이고는 양인훈을 마음속으로 좋아했다. 겉으로 드러내지도 않았고 양인훈에게 더 잘해주려고 다가가지도 않았는데, 양인훈도 나를 상당히 좋아한다고 믿었기 때문이다. 우리는 누구보다 가까웠기에 머지않아 사귀는 사이가 되리라 믿었다.

짝사랑을 키워가던 어느 날, 양인훈이 대뜸 이렇게 말했다.

"연필을 손가락에 끼고 잘 돌리는 여자, 정말 멋지지 않냐? 나는 그런 여자랑 사귀면 진짜 좋겠다."

그러면서 연필을 손가락에 끼우고 애써서 돌리려고 했다. 연필은 한 바퀴도 돌지 못하고 바닥에 떨어졌다. 그럼에도 양인훈은 온 힘을 다해서 연필 돌리기를 했다. 수업 시간에도, 쉬는 시간에도 틈만 나면 돌렸다.

강성준은 연필을 잘 돌렸다. 나는 강성준에게 연필 돌리기를 가르쳐 달라고 졸랐다. 강성준 집에 가서 연필 돌리기를 되풀이해서 익혔다. 집에서도, 학원에서도, 침대에서도, 아침에 일어나서도 연필 돌리기를 익히고 또 익혔다. 그렇지만 양인훈 앞에서는 결코 연필 돌리기를 하지 않았다. 아주 익숙해진 뒤에 멋지게 보여주고 싶었다. 애써서 연필 돌리기를 익힌 끝에 나는 강성준도 놀랄 만큼 잘 돌리게 되었다.

어느 날, 양인훈이 잘 보이는 곳에서 연필 돌리기를 했다. 그동안 익힌 갖은 재주를 다 부리며 연필을 돌렸다. 양인훈에게 보여주려는 연필 돌리기였지만, 양인훈 쪽은 일부러 보지 않았다.

"와, 너 진짜 잘 돌린다!"

양인훈이 놀라워하며 내게 말을 걸었다.

"몇 번 해보니까 쉽네."

나는 일부러 아무것도 아닌 척했다.

"멋지네."

양인훈이 엄지를 치켜세우며 싱긋 웃었다.

맑은 웃음을 마주하니 그동안 연필 돌리는데 들였던 힘겨움이 뿌듯함으로 바뀌었다. 양인훈 앞에서 여러 번 연필 돌리기를 보여주었고, 그때마다 양인훈은 나에게 연필 돌리기를 배우면서 내 손을 만지기도 했다. 나는 이게 바로 사귀기에 앞서 찾아오는 두근거림, 밀고당기기라고 생각하며 속으로 흐뭇하게 웃었다. 물론 그러면서도 우린 여전히 투닥투닥 장난을 쳤다.

그렇게 지내는데 어느 때부터인지 모르지만 양인훈이 나에게 장난을 치지 않았다. 조그만 일에도 욱하고 성깔을 부리던 모습도 사라졌다. 내가 말려야만 겨우 성깔을 가라앉히던 애였는데, 내가 아무런 말을 하지 않아도 얌전하고 부드럽게 지냈다. 양인훈답지 않았다. 양인훈은 내가 멋지게 연필을 돌려도 쳐다보지 않았다. 뭔지 모르지만 나쁜 느낌을 떨칠 수 없었다.

나쁜 느낌은 틀리지 않았다. 며칠 뒤 듣고 싶지 않던 말을 듣고 말았다.

"글쎄, 수빈이랑 양인훈이 몰래 뽀뽀하다 들켰대."

처음엔 믿지 않았다. 누가 잘못 보고 돌린 말이거나, 놀리려고 한 말인 줄 알았다. 더구나 수빈이라니! 수빈이는 나를 괴롭히던 애였다. 내 삶에 지워지지 않는 검은 얼룩을 남긴 애 가운데 한 명이었다. 내가 좋아하던 양인훈이 그런 못된 애랑 사귀다니! 말도 안 된다. 결코 그런 일이 있어서는 안 된다. 거짓말이라고 믿고 싶었다. 그러나 거짓말이라고 하기에는 둘이 뽀뽀했다는 이야기가 지나치게 자세했다. 언제 어디서 어떻게 했다는 아주 자세한 이야기까지 돌았다. 나는 끝까지 믿지 않았다. 아니 믿고 싶지 않았다. 안타깝게도 얼마 뒤 내 믿음은 산산이 부서졌다. 수빈이와 양인훈이 손을 잡고 교실에 나타났기 때문이다.

나는 연필을 잘 돌리면 양인훈이 나를 좋아할 줄 알았는데, 알고 보니 양인훈이 연필 돌리는 여자가 좋다고 한 말은 수빈이를 좋아한다는 뜻이었다. 수빈이는 늘 연필을 돌렸다. 수업 때도 연필을 돌렸고, 걸어 다니면서도 연필을 손에서 놓지 않았다. 양인훈과 두 손을 붙잡고 걸으면서도, 다른 한 손으로는 연필을 돌렸다. 아무리 봐도 수빈이는 연필 돌리기에 미친 애였다.

양인훈이 한 말을 잘못 알아듣고 그 많은 시간을 연필 돌리기에 쏟아 부은 내가 어처구니없었다. 양인훈이 수빈이 품으로 가버린 뒤로 나는 연필 돌리기를 그만두려고 했는데, 한번 손에 붙은 연필 돌리기가 손에서 떨어지지 않았다. 내 뜻에 어긋나게 연필을 돌리는 내 손을 볼 때마다 수빈이와 양인훈이 떠올라 지긋지긋했지만, 한번 익혀버린 재주는 진드기처럼 달라붙어 떼려야 뗄 수가 없었다. 이 글을 쓰는 동안에도 가끔씩 나도 모르게 연필이 내 손을 타고 돈다. 연필이 내 손을 타고 돌 때마다 양인훈과 수빈이가 떠오르고, 내 손이지만 정말 밉다. 양인훈을 향한 짝사랑은 내 삶에 연필 돌리기라는 지워지지 않는 얼룩만 남긴 채 끝나고 말았다.

아홉 번 헤어진 사이

: 15살 사랑하기엔 아픔이 버거운 **이명수**

중학교 2학년 때부터 키 큰 남자들이 끌렸다. 내 키는 억지로 늘려 잡아도 160cm가 될까 말까했지만 남자 키는 180cm는 되어야 한다고 생각했다. 멀리서 보면 길고 쫙 빠진 몸매가 뿜어내는 끌림이 있고, 가까이에서 보면 아래서 위로 올려다 볼 때 느껴지는 멋스러움이 있다. 키 큰 애가 내 어깨를 딱 감싸줄 때 오는 포근함, 기대고 싶을 때 마음 놓고 기대도 되는 든든함도 좋다. 가끔 키 큰 애를 앉아서 마주 볼 때는 올려다 볼 때와 다른 느낌이어서 화들짝 놀라기도 한다. 그래서 내 이상형은 마주 앉아서 볼 때도 서 있을 때랑 느낌이 다르지 않는 키 큰 남자다.

이명수가 딱 그런 애였다. 중학교 2학년 때 같은 반이었는데 딱 보기에도 꽤나 큰 키였다. 키가 크니 옷매무새가 멋졌고, 가까이

서 올려다보는 느낌도 괜찮았다. 무엇보다 수행평가를 하려고 한 모둠이 되어 마주 앉아서 봤는데 올려다볼 때와 마찬가지로 멋스러웠다. 그때부터 나도 모르게 이명수에게 끌렸다. 그렇다고 보자마자 좋아하는 마음이 생기지는 않았다. 그저 내 이상형에 가까운 애여서 살짝 끌렸을 뿐이다.

같은 모둠이 돼서 이야기를 많이 나눴는데 말도 부드럽고 다른 사람 말도 잘 들어주었다. 겉모습뿐 아니라 속도 괜찮아 보였다. 모임이 끝나고 저녁이 되었을 때, 나는 다른 애들에게 문자를 보내서 맡은 바 일을 제대로 하는지 알아보기도 하고 이런저런 수다도 떨었다. 그런데 이명수에게는 문자를 보내지 않았다. 내가 모둠을 이끄는 자리를 맡았기에 문자를 보내도 괜찮았지만, 내가 먼저 문자를 보내기에는 쑥스러웠다. 그렇다고 모둠을 이끄는 내가 이명수에게만 문자를 안 보낼 수도 없었다. 보낼까 말까 한참 망설이는데 이명수에게서 먼저 문자가 왔다.

남다른 뜻을 담은 문자는 아니었다. 수행평가를 같이 하는 모둠이라면 보낼 만한 문자였다. 이명수가 문자를 먼저 보냈기에 나는 아무런 거리낌 없이 문자를 보냈다. 첫날 주고받은 문자는 수행평가를 할 때 나눌 만한 말뿐이었다. 둘째 날에도 이명수가 먼저 문자를 보내고, 우리는 또다시 수행평가에 관한 문자만 주고받았다. 셋째 날에는 조금 바뀌었다. 수행평가 이야기도 했지만 같은 반 친구끼리 주고받을 만한 가벼운 이야기도 많이 나누었다. 넷째 날에는 이명수가 제 속을 털어 놓았다. 아빠는 돈만 벌어다 줄 뿐 집안에는 아무런 마음을 쓰지 않아서 힘들고, 엄마는 툭하면 소리를 지르고 야단을 쳐서 힘들고, 잘나가는 형 때문에 힘들고, 옛날에 가깝게 지냈던 친구들이 못된 길로 빠져들어서 힘들다는 이야기들을 늘어놓았다. 다섯째 날에는 어릴 때 사랑을 받지 못해 겪었던 외로움과 괴로움을 털어놓았다. 나는 온 마음을 다해 이명수가 털어 놓는 이야기를 참마음으로 듣고, 마음 깊이 아파하고, 있는 힘껏 다독였다.

'듣기 힘들 텐데 끝까지 들어줘서 고마워'

문자를 마치면서 마지막으로 이명수가 보낸 문자였다.

그때 가슴 깊이 뿌듯함이 차올랐다. 이명수가 나를 남다른 사람으로 여긴다는 생각이 드니 절로 기쁨이 일었다. 그 뒤로 나와 이명수는 아주 빠르게 가까워졌다. 수행평가가 끝난 뒤에도 우리 둘은 밤늦게까지 문자를 주고받았다. 그렇다고 서로 사귀는 사이는 아니었다. 알고 지내는 사이보다는 가깝지만 사귀지는 않는, 멀지도 아주 가깝지도 않은 어정쩡한 사이였다. 어정쩡한 사이라기보다는 사귀자고 하지는 않은 채 사귀는 사이가 더 맞는 말인 듯하다.

'나 죽을 듯 힘들어'

이명수는 종종 이런 문자를 보냈다.

'오늘 또 뭔 일 있었구나. 내가 어떻게 해줄까?'

이명수가 집에서 어떤 힘겨움을 겪는지 알기에 나는 어떻게든 힘을 주고 싶었다.

'널 만나면 괜찮아질 텐데'

내가 무언가 하지 않아도, 그저 내가 곁에 있기만 해도 힘을 받는 사람이 있다니 정말 뿌듯했다. 삶이 기쁨으로 가득 찬 느낌이 들었다. 그래서 이명수가 보고 싶다고 하면 머뭇거리지 않고 나갔다. 시험공부에 힘을 쏟아야 할 때에도 엄마에게 독서실 간다고 거짓말하고 이명수를 만나러 나갔다. 같이 영화도 보고, 백화점에 가서 실컷 돌아다니기도 하고, 거리를 끝없이 걷기도 했다. 때로는 공원에 앉아 손을 잡고 지나가는 사람을 보며 수다를 떨기도 했다.

사귀자는 말은 서로 하지 않았지만 거의 사귀는 사이나 마찬가지였다. 가끔은 마음을 떠보기도 했다. 내가 마음에 드는 사람에게 화살표를 그려보라고 시켰을 때, 화살표가 그려진 쪽에 따라 마음을 알 수 있다는 글을 인터넷에서 보고는 그대로 이명수에게 해봤다. 이명수는 화살표가 위쪽을 가리키게 그렸다. 인터넷 글에 따르면 이명수는 내가 저를 좋아한다고 굳게 믿으며, 이명수도 나를 아주 좋아한다는 뜻이라고 했다. 믿어도 그만, 안 믿어도 그만이었지만, 이명수가 화살표를 위쪽으로 똑바로 그리니 그렇게 흐뭇할 수가 없었다.

"화살표를 왜 그리라고 했어?"

화살표를 보며 웃는 나를 보고 이명수가 거듭 캐물었지만 나는
비실비실 웃기만 할 뿐 말해주지 않았다.

어느 날 이명수가 내게 좋아하는 여자애가 생겼다고 말했다. 이
제 나와 사귀자고 말하려나 보다 하고 살짝 떨면서 누구냐고 물었
는데, 뜻밖에도 내 친구 선아를 좋아한다고 했다. 씁쓸했지만 둘
모두를 아끼는 친구로서 기꺼이 둘을 이어주려고 했다. 그래서 이
명수에게 선아에 대해 내가 아는 바를 속속들이 알려주었다. 선아
에게도 이명수가 너를 좋아한다고 넌지시 말해 주었다. 내 도움
을 받은 이명수는 선아가 좋아할 만한 말만 했다. 선아에게 대놓
고 말하기도 하고 다른 사람에게 말하는 척하면서 선아가 듣게 만
들기도 했다. 멋있다고 여기는 됨됨이를 보여주기도 하고, 선아
가 좋아하는 캐릭터가 그려진 학용품을 들고 다니기도 했다. 선아
도 점점 이명수에게 끌리는 듯했다. 뿐만 아니라 대놓고 말하지는
않았지만, 이명수에 끌리는 마음을 나에게 알게 모르게 내비쳤다.
나는 이명수에게 빨리 사귀자고 하라고 다그쳤고, 이명수는 멋지
게 차려 입고 선아가 좋아하는 곳에서 좋아하는 선물을 주며 사귀
자고 말했다. 나는 될 줄 알았다. 그런데 한참 망설이던 선아는 이

명수를 받아들이지 않았다. 이명수는 괴로워하면서 나에게 기대어서 한참을 울었다. 이명수를 달래주느라 새벽까지 문자도 했다.

도대체 뭐가 잘못됐을까? 선아는 이명수가 마음에 들었다. 대놓고 말하진 않았지만 그런 속마음을 여러 번 내비쳤다. 뭐가 마음에 안 들었는지 궁금해서 슬쩍 선아 속마음을 떠봤다.

"다 좋은데, 말도 내 마음에 딱 들게 하고, 됨됨이도 좋고, 얼굴도 괜찮고, 그런데 키가 너무 커!"

나는 이명수가 키가 커서 끌렸는데 선아는 큰 키가 거슬려서 사귀지 않겠다고 마음먹었다니, 정말 알다가도 모를 일이었다.

"선아가 왜 널 안 받아들인 줄 알아?"

"내가 어떻게 아냐?"

"너 선아한테 내가 이 말 했다는 말 하지 마. 알았지?"

"알았어. 알았으니까 말해 봐."

"글쎄, 선아는 네가 다 좋지만 너 키가 너무 커서 싫대."

"뭐? 키?"

내 말을 들은 이명수는 처음엔 어이없어 했지만 조금 뒤에는 키득 거리며 웃었고, 나중엔 배를 부여잡고 웃었다. 한바탕 웃고 난 뒤에 이명수는 선아에게 차인 슬픔을 훌훌 털어버렸다. 그 뒤로 나와 이명수는 더욱 가깝게 지냈다. 얼마 뒤 이명수는 좋아하는 여자가 새로 생겼다고 말했다. 이번에는 분명히 이명수가 새로 좋아하게 된 여자가 나라고 믿었지만, 누구냐고 묻지는 않았다.

"그래? 나도 좋아하는 남자가 생겼는데……."

물론 내가 좋아하는 남자는 이명수였다. 아마 이명수도 내 마음을 눈치 챘을지 모른다. 둘 다 서로를 좋아하면서도, 서로 깊이 사귀고 싶으면서도 말을 아꼈다. 우리는 서로에게 먼저 말하기를 떠넘기며 줄다리기를 벌였다.

방학 때였다. 같이 놀다가 타로점을 봤다.

"둘이 사귀지는 말고 그냥 친구로 지내야 좋아. 둘이 사귀면 반드시 안 좋은 일이 생겨."

타로점을 보는 사람이 우리 둘이 꼭 잡은 손을 보면서 쌀쌀맞게 말했다. 마음이 좋지 않았다. 타로점을 괜히 봤다 싶었다.

"에이, 마음 쓰지 마. 재미로 본 점이잖아."

이명수가 내 어깨를 살짝 다독였다. 부드러운 다독임이 꽉 막혔던 내 마음을 풀어주었다.

"그나저나 우리 둘이 사귄다고 생각하다니 웃긴다, 그치?"

"그러게. 그나저나 우리 서로 좋아하는 사람 있다고 했잖아. 누군지 말해주자. 어때?"

드디어 때가 왔다는 생각에 가슴이 방망이질쳤다.

버스정류장까지 걸어가면서 우리는 누가 먼저 말할지 한참 밀고 당기기를 하다가 가위바위보로 먼저 말할 사람을 정했다. 내가 이겼다.

"이런, 내가 졌네. 그럼 내가 먼저 말해야겠지. 음 그러니까 내가 좋아하는 여자는……."

이명수는 잠깐 뜸을 들였다. 버스정류장에 서서 이명수 입을 쳐다보는데 짧은 시간이었지만 아주 길게 늘어지는 듯했다.

"내가 좋아하는 여자는……."

이명수는 몇 번이나 이 말을 되뇌었다.

나는 속으로 '이 바보야 빨리 내 이름을 불러, 그러면 나도 너 이름을 불러줄게' 하면서 이명수 입에서 내 이름이 나오기를 기다렸다. 마침내 이명수가 좋아하는 여자 이름을 말했다.

"내가 좋아하는 여자는 ＊＊＊이야."

그런데 뜻밖에도 이명수는 내 이름을 말하지 않았다. 그때 이명수가 말한 이름은 생각나지 않는다. 놀라고 속이 쓰려서 이름을 제대로 듣지도 못했다. 나는 이명수 얼굴을 빤히 올려다봤다. 이명수는 날 똑바로 보지 못했다. 얼굴이 까칠해보였다. 가슴이 아팠다. 내가 이제까지 헛물만 켰다고 생각하니 씁쓸했다. 그때까지 꼭 잡고 있던 손도 슬며시 놓아 버렸다.

"내가 말했으니까 너도 말해 줘. 너는 누구 좋아해?"

"나? 나는……."

이명수가 좋아하는 여자애가 내가 아닌데 나만 좋아한다고 말할 수는 없었다. 꿀리고 싶지도 않았고, 좋아한다고 말해서 드라마처럼 어쭙잖은 삼각관계를 만들고 싶지도 않았다. 그래서 마음에도 없는 남자애 이름을 말했다.

"그렇구나."

내가 좋아하는 남자 이름을 들은 이명수가 힘없이 말했다.

버스를 기다리는 내내 둘 사이에 서먹서먹한 기운이 흘렀다. 버스가 왔다. 내가 먼저 탔는데, 내 뒤에 다른 사람이 타고, 그 뒤에 이명수가 탔다. 낯선 사람이 끼어들 만큼 우리는 잠깐 사이에 멀어져 버렸다. 타로점을 본 사람 말이 맞을지도 모른다는 생각이 들었다. 이명수와 나는 좋은 친구지만, 좋은 연인이 되기엔 알맞지 않은지도 모른다. 먹먹함이 치밀어 오르며 눈앞에 희뿌연 안개가 스멀스멀 번졌다. 차창 밖으로 흘러가는 사람과 건물과 불빛이 안개에 가려져 흐릿해 보였다.

"다미야!"

안개를 뚫고 나를 부르는 소리가 작게 들렸다.

"다음 정거장에서 내릴래?"

나는 독서실로 가야 한다. 엄마한테 독서실 간다고 속이고 나왔기 때문이다. 독서실은 한 정거장 더 가야 한다. 다음 정거장에서 내리면 독서실까지 한 정거장을 걸어야 한다. 이명수에게 설레는 마음이 있을 때야 그보다 더 먼 거리라도 걷겠지만, 답답한 느낌을 가득 안고서 굳이 같이 걷고 싶지는 않았다.

"나 독서실 가야 해."

일부러 차갑게 말했다.

버스가 멈춰 섰다. 뒷문이 열렸다. 그때 이명수가 내 손을 꽉 잡았다. 그러더니 말없이 나를 끌었다. 나는 이명수 힘에 이끌려 버스에서 내렸다. 버스에서 내린 뒤에 곧바로 손을 빼냈다. 우리 둘은 말없이 걸었다. 내가 가야할 독서실이 신호등 건너편에 보였다. 신호등은 빨간불이었다.

"어떤 영화를 봤는데 거기서 '미친 척하고 딱 20초만 굳세게 마음먹으면 멋진 일이 생긴다'고 했어. 그래서 나도 이제 그렇게 해보려고."

이명수가 내 손을 잡았다. 손이 따뜻했다.

"아까 내가 거짓말했어."

눈을 올려다봤다. 올려다보니 더 멋져 보였다.

"내가 좋아한다는 애는 걔가 아니야."

눈빛이 참 푸근했다. 눈동자 속으로 내가 젖어드는 느낌이었다.

"내가 좋아하는 여자는 바로… 너야."

가슴이 떨릴 줄 알았는데 그렇지 않았다. 마치 수십 번 들어서 아는 이야기를 또다시 듣는 듯했다. 나도 모르게 피식 웃음이 나왔다.

"나랑 사귈래?"

잡은 손에 힘이 들어갔다.

"내가 잘못했어."

올려다보는데 눈밖에 안 보였다.

"내가 좋아하는 여자는 너밖에 없어."

눈에서 참마음이 보였다. 사랑이 가득 느껴졌다.

"나도 거짓말했어. 나도 너 좋아해."

신호등이 녹색으로 바뀌었다. 사람들이 움직였지만 우린 움직이지 않았다. 그냥 손을 맞잡은 채 한참을 마주보았다. 내 눈엔 오직 이명수만 보였고, 이명수 눈에도 나만 가득했다. 그때부터 우린 친구가 아니라 연인이 되었고, 더 깊이 사귀었다.

이명수와 사귀면서 나는 말 그대로 간 쓸개 다 빼주었다. 만나자고 하면 언제든지 나가고, 힘들다고 하면 밤을 세우며 문자를 했고, 무언가 마음에 안 들어도 늘 내가 잘못했다고 먼저 말했다. 함께 어울릴 때 들어가는 돈은 거의 다 내가 냈다. 우리는 독서실에 간다고 하고 몰래 연애를 했는데, 이명수는 카드밖에 없어서 돈을 쓸 수가 없었다. 카드를 쓰면 문자가 엄마 휴대전화로 가고, 엄마가 문자를 보면 독서실 간다고 한 거짓말이 들통 나기 때문이다. 거듭되는 거짓말에 양심이 찔렸던 나는 몇 번이나 부모님께 알리고 사귀자고 했지만, 이명수는 받아들이지 않았다. 엄마가 알면 얼마나 괴롭힐지 뻔하다면서 스무 살이 넘을 때까지는 알리지 않겠다고 했다.

그러던 어느 날, 저녁을 먹고 학원에 가려고 가방을 챙기는데 이명수가 보낸 문자가 왔다. 몇 십 분 전에도 문자를 나눴기에 별생각 없이 휴대전화를 열었다가 문자를 보고는 소스라치게 놀라 휴대전화를 바닥에 떨어뜨릴 뻔했다.

'헤어지자'

일주일 넘게 다투지도 않았고, 낮에 학교에서도 잘 지냈고, 몇 십 분 전까지 알콩달콩한 문자를 나눴는데, 갑자기 헤어지자니? 누구라도 그런 일을 당하면 소스라치게 놀랄 수밖에 없다.

'내가 뭘 잘못했어? 왜 그래?'

문자를 보내는 손이 마구 떨렸다.

'아니야. 너는 괜찮아. 내가 못나서 그래'

내가 아무리 물어도 헤어지자고 말하는 까닭을 알려주지 않았다. 그냥 한없이 저를 낮추고, 못났다고 스스로 자책하는 문자만 거듭 보냈다.

스스로 못났다면서 슬퍼하는 문자를 여러 번 받아봤기 때문에 여느 때처럼 힘을 주고 달랬다. 저녁이 깊어가도록 해야 할 숙제도 못하고, 가야할 학원도 못가고 달랬지만 '헤어지자'는 말을 없애지 못했다. 이명수는 듣기도 힘든 괴로운 말을 한참 털어놓았다.

'헤어지자. 이렇게 힘들게 지내고 싶지 않아'

내가 뭐라고 문자를 보내도 마찬가지였다. 만나자고 해도 만나주지 않았다. 전화를 걸어도 받지 않았다. 그냥 문자에만 대꾸했다. 그날, 새벽이 오도록 거의 잠을 못 잤다. 새벽에 까무룩 잠이 들었다가 문자가 오는 소리에 깜짝 놀라 깨었다. 이명수가 보낸 문자였다.

'잘못했어. 내가 정말 잘못했어. 죽으려고 했어. 너와 헤어지고 그냥 목숨을 끊고 싶었어. 그런데 자꾸 네가 눈에 밟히더라. 나한테는 너밖에 없어. 막상 죽으려니 네가 생각나서 죽지 못하겠더라. 나한테 네가 얼마나 값진 사람인지 알았어. 잘못했어. 헤어지자는 말 안 할게. 다시 만나자'

아침 해살이 창문으로 쏟아져 들어왔다. 누군가가 죽지 않고 살아가는 까닭이 될 만큼, 내가 값진 사람이라는 생각에 햇살보다 더한 기쁨이 온 몸을 물들였다.

그 일을 겪고 난 뒤 우리는 더욱 가까워졌고 아름다운 사랑을 했다. 그런데 며칠 지나지 않아 또다시 같은 일이 벌어졌고, 아침이 되니 잘못했다는 문자가 왔다. 그렇게 저녁에 헤어지자고 하고, 힘겨운 밤을 보내고 난 뒤에 아침에 다시 사귀자고 하기를 여덟 번 거듭했다.

여덟 번씩이나 겪고 나니 더는 견디기 힘들었다. 끝없이 달래기도 버거웠다.

"한 번만 더 네가 헤어지자고 하면 그때는 진짜 끝이야. 알아?"

처음으로 차갑게 이명수에게 말했다.

"그래. 내가 너를 너무 힘들게 했어. 그러니까 네 말대로 또 한 번 내가 헤어지자고 하면 나도 다시 받아달라는 말, 다시는 하지 않을게."

나는 몇 번이나 다짐을 받고 또 받았다.

그런데 헛일이었다. 며칠도 지나지 않아서 이명수에게서 또 헤어지자는 문자가 왔다. 헤어지자는 낱말이 지겨웠다. 그런 느낌은 처음이었다. 지치긴 했어도 지겹진 않았는데 더는 이명수를 다독이고 싶지 않았다. 그렇게 다짐했는데 며칠도 지나지 않아 또다시 어기는 이명수가 꼴 보기 싫었다.

나는 딱 두 낱말만 보냈다.

'알았어. 헤어지자'

그러고는 아무런 대꾸도 하지 않았다. 내가 대꾸를 하지 않으니 이명수한테서도 아무런 문자가 오지 않았다. 그날 밤은 아주 곤히 잤다. 오랫동안 쇠사슬에 묶였다가 풀려나는 듯 몸도 마음도 가벼웠다. 그다음 날 학교에서 이명수를 봤다. 이명수는 끊임없이 나를 보고 내가 뭐라고 말해주기를 바라는 듯했다. 나는 이명수 쪽으로 눈도 돌리지 않았다. 어쩌다 마주쳐도 모르는 척했다. 그렇게 며칠을 보내자 더는 이명수도 나에게 말을 걸지 않았다. 휴대전화에서 이명수 전화번호도 지워버렸다.

어쩌면 이명수는 내가 다시 매달리고, 달래주기를 바랐는지도 모른다. 다시 한 번 하면 헤어지자고 서로 다짐했지만, 헤어지잔 문자를 보냈을 때 어쩌면 내가 늘 하던 대로 해주리라 생각했을지도 모른다. 얼핏 지나가면서 본 이명수 얼굴에선 그런 낌새가 비쳤다. 그러나 나는 그러고 싶지 않았다. 다시 이명수와 사귀면서 겪을 일이 버거웠고, 그 힘겨움을 버텨낼 힘도 없었으며, 무엇보다 지겨웠다.

이명수는 키만 컸을 뿐 어린애였다. 엄마가 따스한 손길로 보살펴 줘야 할 애기였다. 이명수는 나와 연애를 했다기보다 나에게서 엄마를 바라는 듯하다. 이명수는 떼를 쓰는 애였고, 나는 떼쟁이를 달래는 엄마였을지도 모른다. 이명수는 나를 여자 친구로 사랑했을까, 아니면 엄마와 같은 사람을 바라고 사랑했을까? 내가 보기에는 뒤쪽이다. 이명수는 사랑이라고 믿었고, 사귈 때는 나도 사랑이라고 믿었지만, 지나고 보니 사랑이 아니었다. 사랑이라고 하더라도 바람직한 사랑은 아니었다. 한쪽은 마냥 기대기만 하고, 한쪽은 채워주기만 하는 사랑은 기울어진 배처럼 물속으로 가라

앉기 마련이다.

이명수와 사귈 때는 멋도 모르고 했던 수많은 일들이 헤어지고 보니 거의 다 미친 짓처럼 여겨졌다. 이명수와 만나려고 엄마에게 수없이 거짓말하고, 만날 때마다 내가 돈을 다 내고, 없는 돈을 만들기 위해 아빠를 속이고, 밤을 새며 투정부리는 남자를 다독이고, 툭하면 헤어지자는 남자를 붙잡으려 별짓을 다하던 내 모습을 누가 알까 부끄러웠다. 떠올리면 떠올릴수록 이명수와 보냈던 시간들이 검은 얼룩이 되어 나를 괴롭혔다. 다른 남자를 만나서 또 이런 짓을 되풀이할까봐 무서웠다.

이명수와 나누었던 사랑, 아니 사랑이라 부르고 싶지도 않은 사랑을 그대로 두면 안 될 것 같았다. 그러면 또다시 어둡고 어리석은 사랑을 되풀이할지도 모른다는 두려움이 앞섰다. 그래서 나는 어떡하든 이명수를 지우고 싶었다. 이명수가 만든 얼룩, 아니 이명수와 사귀며 내가 만들어낸 어리석은 얼룩을 깨끗이 닦아내고 싶었다. 이명수를 내 삶에서 깨끗이 지워내려면 어떻게 할까 생각하고 또 생각했다.

얼굴 없는 사랑

: 16살 노래와 목소리가 상큼한 **루시폴**

오랜 생각 끝에 이명수를 지워낼 길을 찾아냈다. 먼저 마음 저 깊은 곳에 긴 동굴을 팠다. 긴 동굴 끝에는 깊이를 잴 수 없는 낭떠러지를 만들었다. 동굴로 들어가는 곳에는 두꺼운 쇠문을 만들었다. 무쇠로 만든 자물쇠도 걸었다. 그 다음 무쇠로 상자를 만들었다. 폭탄을 터트려도 부서지지 않을 무쇠상자였다. 이명수와 얽힌 모든 일과 이명수에게 주었던 사랑을 모조리 무쇠상자에 집어 넣었다. 무쇠상자에 집어넣을 때는 한꺼번에 집어넣지 않고 하나씩 하나씩 구기고 찢은 뒤에 상자에 처박아 버렸다. 모조리 집어 넣은 뒤 단단한 자물쇠로 무쇠상자를 채웠다. 쇠사슬로 무쇠상자를 몇 겹 두른 뒤 또다시 자물쇠를 채웠다. 무쇠상자를 들고 동굴 문을 열고 들어간 뒤, 동굴 끝까지 가서 낭떠러지 아래로 무쇠 상자를 집어 던졌다. 낭떠러지로 떨어진 무쇠상자는 깊은 어둠으로 빨려 들어가고 바닥에 떨어져 소리조차 들리지 않았다. 동굴을 나온 뒤 쇠문을 닫고 자물쇠를 단단히 잠갔다.

이명수와 얽힌 일이나 생각, 느낌이 하나라도 떠오르면 또다시 무쇠상자에 넣고 동굴에 집어넣기를 거듭했다. 그렇게 여러 번 하고 나니 이명수와 얽힌 일들이 흐릿해지고 가물가물해졌다. 이명수 때문에 겪은 아픔과 괴로움, 이명수에게 느꼈던 애틋함과 안쓰러움도 흐릿해졌다. 이명수를 그렇게 지우고 나니 마음이 참 가벼웠다. 그 뒤로는 조금이라도 힘든 일을 겪으면 무쇠상자에 넣어서 동굴 속 낭떠러지 아래로 버렸다. 왕따를 비롯해 옛날에 겪었던 힘겨움도 그렇게 치워버렸다. 내 삶에 드리운 얼룩이 동굴 속으로 사라지자 나는 훨씬 밝아졌다. 거울을 볼 때마다 떠올라 나를 아프게 했던 얼룩이 더는 보이지 않았다. 그 뒤로 나는 누구보다 밝고 맑은 사람이 되었다. 옛날에 나를 알던 이들이 보면 내가 다른 사람인 줄 알 만큼, 나는 늘 웃음이 넘치고 넉살 좋은 사람이 되었다.

어쩌면 내가 생각으로 아픔을 지워버리는 방식이 그리 바람직하지 않을지도 모른다. 그렇지만 내가 나를 지키려면 어쩔 수 없었다. 아픔이 빚어내는 얼룩은 생각보다 진했고, 시간이 흐를수록 나를 어둡게 만들었다. 무쇠상자와 낭떠러지 동굴을 만들지 않았다면 어쩌면 나는 우울증에 빠졌을지도 모른다.

이명수와 헤어진 뒤에 나는 사랑을 하더라도 모든 마음을 다 주지는 않겠다고 굳게 마음먹었다. 모두를 던진 사랑은 이루어지면 아름답지만, 어긋나면 되돌릴 수 없을 만큼 큰 괴로움을 겪어야 한다. 나는 더는 그런 괴로움을 겪고 싶지 않았다. 아니다 싶은 생각이 들면 더는 매달리지도 않겠다는 다짐도 단단히 했다. 질질 끌면서 서로 바짓가랑이 붙들고 늘어지는 지저분한 짓은 하지 않기로 했다. 헤어져야 할 마음이 들면 곧바로 깨끗이 끝내야 뒤끝도 없고, 아픔도 없기 때문이다. 물론 그 뒤에 찾아온 사랑이 꼭 내 마음처럼 되지는 않았다. 사랑에 푹 빠져서 앞뒤 가리지 못하기도 했고, 사랑이 끝나고 난 뒤에 마음을 다잡지 못해 헤매기도 했다. 하려던 대로 다하진 못했지만 앞서 겪었던 괴롭고 힘든 사랑은 다시 하지 않게 되었으며, 사랑이 끝난 뒤에 입는 생채기도 옛날보단 훨씬 줄어들었다.

중학교 3학년이 되면서 아빠가 일자리를 옮기는 바람에 덩달아 나도 아주 먼 곳으로 학교를 옮겼다. 유치원 때부터 알고 지내는 애들이 가득했던 중학교를 떠나는 아쉬움은 없었다. 도리어 어두운 옛날이 지워지고 내 생활이 맑은 빛깔로 가득 찬 느낌이었다. 학교를 옮길 때쯤 나는 판타지 소설을 쓰는 인터넷 카페에 발을 들여놓았다. 나름 글을 잘 쓰는 10대들이 모여 꿈에서나 있음직한 이야기들을 풀어놓으며 삶에 지친 마음을 푸는 카페였다. 나는 꽤나 부지런히 글을 올렸고, 채팅도 많이 했다. 카페에서 쓰는 내 이름은 '인사이드퀸(inside queen)'이었다. 내 안에 여왕이 깃들었다는 뜻을 담아 지었는데 나름 마음에 들었다.

언제부턴지 모르지만 '루시폴(louche fall)'이란 이가 내가 올린 글에 뜨겁게 댓글을 달았다. 글 하나에도 여러 개 댓글을 달았다. 여러 차례 댓글을 단 루시폴이 어떤 사람인지 궁금했다. 카페에서 쓰는 이름을 보면 그 사람이 어떤 생각을 하는지 대충 헤아릴 수 있는데, 겉모습보다는 속을 보여준다. 인사이드퀸에는 겉은 아니지만 안은 여왕이고 싶은 내 바람이 담겼다. 루시폴이란 이름에도 그 이름을 쓰는 사람 마음이 담기기 마련이다. 'louche'는 사회에서 받아들여지지 않는다는 뜻이고, 'fall'은 떨어지고, 쓰러지고, 넘어진다는 뜻이 담긴 낱말이다. 그러면 'louch fall'은 사회에서 받아들여지지 않아 쓰러지고 넘어졌다는 뜻이다. 가만히 따지고 보니 루시폴은 참 쓸쓸하고 안타까운 이름이었다.

이름이 주는 슬픈 느낌과 달리 루시폴이 단 댓글은 늘 좋은 말로 가득했다. 루시폴이 나를 추켜세우며 하는 댓글을 곧이곧대로 믿지는 않았지만, 내가 쓴 허접한 소설을 하늘 높이 떠받들어 주는 루시폴이 싫지는 않았다. 카페를 부지런히 들락날락거리는 이

들끼리 모두 함께 채팅을 하는 날, 루시폴이 먼 지방에 살며 고등학교 1학년 남자임을 알았다. 물론 사는 곳도, 고등학교 1학년이라는 말도 그대로 믿을 수는 없었다. 다들 인터넷에서는 제 모습을 감추고 그럴싸하게 꾸미기 때문이다. 아무튼 일주일에 한 번 모두가 함께 하는 채팅에서 이야기를 나누다 나중에는 둘만 따로 채팅을 나눴고, 마침내 전화번호도 나눴다.

그때부터 나는 얼굴도 모르는 남자와 카페와 채팅, 전화로만 사랑을 나눴다. 헤아릴 수 없을 만큼 많은 문자를 나누고, 채팅을 하고, 카페에서 댓글을 주고받았다. 루시폴은 목소리가 참 끌렸는데 노래를 부를 때는 정말 달콤했다. 전화를 하다가 내가 노래가 듣고 싶다고 하면 잔잔하면서도 깊은 느낌을 담은 노래를 불러줬다. 내가 듣기엔 웬만큼 이름이 알려진 노래꾼보다 루시폴이 노래를 더 잘 부르는 듯했다. 나는 루시폴이 노래를 불러주면 녹음을 했고, 그다음 날 되풀이해서 듣기도 했다.

"오빠는 노래를 부르며 살아도 되겠다."

루시폴 노래에 푹 빠졌던 나는 참마음으로 루시폴을 추켜세웠다. 어디 오디션 프로그램이나, 기획사 오디션에 나가보라고 말해주고 싶었다.

"나도 그러고 싶은데, 아빠 때문에……."

루시폴은 더 말하지 않고 긴 한숨만 내쉬었다. louche 사회에서

버려진, fall 떨어진, 루시폴 louche fall이란 이름에 담긴 아픔이 한숨과 말없음 속에 진하게 묻어났다. 숨겨진 이야기는 대충 어림잡을 만했기에 더는 물어보지 않았고, 그 뒤로 다시는 노래 부르며 살아도 되겠다는 말을 꺼내지 않았다. 그저 나를 기쁘게 해주는 노래를 달콤하게 즐기기만 했다.

우린 서로 사귀자는 말도 안 했고, 사랑한다는 말도 안 했지만 달달함은 그 어느 만남보다 충만했다. 얼굴을 안 보니 오히려 더 나았다. 만나려고 시간을 따로 빼지 않아도 되었고, 돈을 쓰지 않아도 되었기에 좋았다. 무엇보다 얼굴빛과 몸짓을 살피며 말로 보여주지 않는 느낌과 생각을 어림으로 헤아리려고 애쓰는 수고를 하지 않아도 되는 가벼운 만남이라 더더욱 좋았다. 달달하면서도 가벼운 만남, 이명수와 헤어지고 딱 내가 바라던 사랑이었다.

내가 루시폴과 사귀는 것을 아는 사람은 단짝인 경주 뿐이었다. 학교를 옮긴 뒤 여러 애들을 사귀었는데, 그 가운데 가장 먼저 가까워진 친구가 경주다. 낯선 아이들뿐이라 나는 외로웠는데 경주도 나처럼 외로워 보였다. 둘 다 외로웠기에 우리는 곧 가까워졌고 단짝이 되었다. 학교 생활이 익숙해지면서 나는 다른 친구를 사귀었지만 경주에게는 친구가 나밖에 없었다. 이곳에 다 밝힐 수는 없지만 경주는 썩 좋은 친구는 아니었다. 늘 보살펴 달라고 치근거렸고, 내 보살핌이 조금이라도 모자라면 삐져서 말도 안 했다.

중2때 사귀었던 이명수와 엇비슷한 느낌이 들어서 살짝 힘들었지만, 경주가 밑바탕은 착하고 토라져도 금세 풀렸기에 단짝으로 지냈다.

사랑을 하면 짝을 자랑하고 싶어진다. 둘레 친구들이 부러워하는 눈길도 바라게 된다. 달콤한 목소리에 노래도 잘 부르는 루시폴은 그러기에 딱 알맞았다. 그러나 자랑하고 싶어도 눈에 보이지 않는 사람이기에 대놓고 자랑할 수가 없었다. 다 좋았지만 그 점이 늘 아쉬웠다. 나는 내 아쉬움을 경주와 수다를 떨면서 달랬다. 루시폴과 있었던 시시콜콜한 이야기까지 경주에게 들려주며 자랑질을 했다. 경주는 내 자랑을 다 들어주었고, 내가 듣고 싶은 부러움을 넉넉하게 채워 주었다. 나는 경주가 때때로 던져주는 부러움을 먹이삼아 루시폴을 만나지 못하는 아쉬움을 달랬다.

즐거운 나날을 보내던 어느 날, 루시폴은 컴퓨터를 치울 생각이라며 더는 카페도, 채팅도 못하게 됐다는 문자를 보내왔다.

'공부에 힘을 쏟기로 마음먹었어. 컴퓨터가 있으니까 자꾸 딴 짓을 많이 해서'

그 뒤로 나와 루시폴은 문자와 전화로만 마음을 나눴다. 많이 안타까웠지만 어쩔 수 없었다. 고등학생인 루시폴이 단단히 마음먹고 공부를 하겠다는데, 더 많은 시간을 함께 하고픈 내 바람만 내세울 수는 없었다. 루시폴이 공부에 시간을 더 많이 쓰면서 전화를 나누는 시간도, 문자를 나누는 횟수도 줄었다. 물론 달콤한 노래도 더는 들을 수 없었다.

그러던 어느 날 아침, 가슴 떨리는 일이 벌어졌다. 1교시 쉬는 시간에 문자를 주고받는데 갑자기 루시폴이 보내는 문자가 엉망으로 왔다.

'들켰다ㅠㅠㅜ 이러닿 빼아ㄷㄱㅣㄱㄱㄴ'

이러고는 문자가 툭 끊겼다. 무슨 일이냐고 여러 번 문자를 보냈지만 아무런 대꾸가 없었다. 전화를 걸었지만 받지 않았다. 한밤중이 되어도 마찬가지였다. 아무래도 학교에서 선생님께 휴대전화를 빼앗긴 모양이었다. 우리 학교는 휴대전화를 내지 않았지만 루시폴 학교는 휴대전화를 내야하고, 만약 안 내고 있다가 들키면 짧게는 일주일, 길게는 한 달 동안 돌려주지 않는다고 했던 말이 떠올랐다. 교실에서 나와 문자를 하다가 선생님께 들켜서 빼앗겼다고 생각할 수밖에 없었다.

루시폴이 휴대전화를 빼앗기자 둘 사이를 이어주던 끈이 툭 끊겼다. 루시폴은 짙은 어둠 속으로 끌려 들어갔고 나는 짙은 안개 속을 헤매며 허우적거렸다. 루시폴과 문자를 나누고 싶고, 루시폴 목소리를 듣고 싶어 속이 타들어갔다. 루시폴이 전화기 너머로 노래를 불러줄 때 녹음해 두었던 파일을 거듭 들으며 애타는 가슴을 달랬다. 로미오와 줄리엣이 억지로 떨어졌을 때 이렇게 괴로웠을까? 견우와 직녀가 가로막힌 은하수를 보며 이렇게 미어졌을까? 날마다 밤이 되면 길고 긴 문자를 루시폴에게 보냈다. 그날 있었던 일을 주저리주저리 늘어놓기도 하고, 보고 싶은 마음을 오글거리게 써서 보내기도 했다. 아무런 대꾸도 없는 문자였고, 루시폴이 받아볼 수도 없는 문자였지만 틈만 나면 내 참마음을 담아 루시폴에게 보냈다.

한 달이 지났을 때 쯤, 기다리고 기다리던 문자가 드디어 왔다.

'나, 마음이 식었어'

처음 받아본 문자에 가슴이 덜컥 내려앉았다.

'그래서 빼앗기지도 않았는데 일부러 빼앗긴 척했어?'

나는 아무렇지 않은 척했다.

'그렇진 않아. 빼앗기고 일주일 뒤에 돌려 받았어'

믿어야 할지 말아야 할지 모를 말이었다.

'그럼 그냥 쭉 문자하지 말지 왜 다시 했어?'

나는 부아가 치밀었지만 지그시 눌렀다. 어차피 끝낼 수밖에 없는 사이라면 뒤끝 없이 마무리하고 싶었다.

'네가 보내는 문자를 읽을 때마다 괴로워서'

헤어지려고 마음먹은 남자한테 오그라드는 문자를 보냈다니, 문자를 보낸 손가락을 부러뜨리고 싶었다.

'마음이 떠났으면 헤어져야지. 알았어. 이만 끝내'

문자를 보내면서 나는 마음속 깊은 동굴로 집어 던질 단단한 무쇠상자를 만들었다.

'내가 참 못된 놈이야. 우리 … 다시 … 사귈까?'

이 문자를 받고 잠깐 마음이 흔들렸다. 얼른 '그러자'고 할까? 잠깐 흔들렸지만 나는 고개를 세차게 흔들었다. 또다시 이명수 꼴이 나기는 싫었다. 한 번 흔들린 루시폴과 인사이든퀸 사이는 다시 옛날로 돌아가지 못한다. 곁에서 같이 지내며 부대낀다면 이런 어려움을 넘어설지도 모르지만, 멀리 떨어져 문자와 목소리로만 사귀는 사이에선 어렵다. 이번에 넘어가도 언제든 이런 일이 또 일어난다.

'됐어. 마음이 식었다니 헤어져'

그러고는 더는 문자를 하지 않았다. 루시폴 전화번호는 스팸번호로 올렸다. 루시폴이 불러준 노래도 모조리 지워버렸다. 나는 곧바로 단단한 무쇠상자를 열어 루시폴과 얽힌 일들과 느낌을 몽땅 넣고, 자물쇠를 채운 뒤, 쇠사슬로 묶었다. 그러고는 묵직한 쇠문을 열고 동굴로 들어가 낭떠러지 아래로 무쇠상자를 집어던졌다. 새카맣게 짙은 어둠이 무쇠상자를 집어삼켰다. 쇠문을 닫고 자물쇠를 채운 뒤 뒤돌아섰다. 다음 날 아침이 되자 루시폴은 내마음 한 귀퉁이에도 남지 않고 깔끔하게 사라졌다.

사흘 뒤, 막 자려고 하는데 낯선 번호가 찍혔다. 받지 않을까 망설이다가 마지못해 받았는데 루시폴이었다.

"나 정말 힘들어."

나는 속으로 기뻤다. 나와 헤어지고 괴로워하다니 쌤통이었다. 그러나 기쁨은 그 다음 말을 듣자마자 와장창 깨져버렸다.

"내가 어떤 애랑 사귀는데, 그 애를 어떻게 달래야 할지 모르겠어. 좀 도와줄래?"

헤어진 지 사흘 된 옛 여자 친구에게 새로 사귄 여자 친구에게 어떻게 해야 하는지를 묻다니 어이가 없었다. 그렇다고 골이 나지는 않았다. 무쇠상자와 동굴 때문이었다.

"무슨 일인데?"

나는 아무렇지 않게 물었다. 정말 아무렇지 않았다.

"그 애랑 사귄 지 두 달쯤 됐는데, 요즘 조금 힘들어."

두 달이란 말에 살짝 부아가 치밀었다. 두 달 앞이라면 루시폴이 컴퓨터를 없애겠다고 했던 때였다. 공부를 하려고 컴퓨터를 없앤다더니 새빨간 거짓말이었다. 말로만 듣던 양다리를 내가 당하니 부아가 치밀지 않을 수 없었다. 그럼에도 나는 꾹 참았다. 이미 헤어진 마당에 이러쿵저러쿵 따지고 싶지 않았다. 어차피 내 남자가 아니다.

"어떻게 만났고 어떤 애인지 알아야 내가 도움을 주지."

나는 정말 도와주고 싶어서 이렇게 물었다.

"너를 만났던 카페에서 만난 애고, 이름은 시시엔이야."

시시엔, 많이 보던 이름이었다. 인터넷 카페에서 루시폴이 쓴 글마다 댓글을 달았던 이름이었다. 루시폴이 굳이 말하지 않아도 어떻게 만났는지, 어떻게 가까워졌는지 알만했다. 시시엔에게 노래를 불러주고, 달콤하게 속삭이는 루시폴을 떠올렸다. 밉지 않았다. 도리어 웃음이 나왔다. 내가 물어보지 않는데도 루시폴은 시시엔과 가까워진 이야기를 술술 털어놓았다.

"시시엔과 정말 잘 맞아. 내가 좋아하는 노래, 영화, 책을 시시엔은 모두 좋아해. 심지어 내가 좋아하는 먹을거리도 똑같이 좋아해. 어떻게 이런 여자가 있을까 싶어. 내 영혼을 나눠 가진 사람이란 느낌이야. 너와 사귀면서도……."

"우린 사귀자고 말한 적 없어."

나는 얼른 루시폴 말을 고쳐주었다.

"그래, 아무튼, 너와 가깝게 지내면서도, 네가 좋으면서도, 시시엔을 결코 놓치고 싶지 않았어. 나와 영혼까지 똑같은 여자를 만났는데 어떻게 사랑하지 않을 수 있겠니?"

루시폴은 나에게 한 번도 안 했던 '사랑'이란 말을 시시엔에겐 아무렇지도 않게 썼다. 내가 아는 루시폴은 함부로 사랑이란 말을 쓸 남자가 아니었다. 카페에 올린 수많은 글에서도 사랑이란 낱말은 딱 한 번밖에 쓰지 않았다. 그만큼 루시폴에게 '사랑'이란 말은 아무도 만지지 못하게 고이 간직하고 숨겨놓은 소중한 보물과 같은 낱말이었다. 그런 루시폴이 시시엔에겐 아무렇지 않게 사랑이란 낱말을 쓰다니, 시시엔이 부러웠다.

루시폴이 시시엔을 정말 사랑함을 알고 난 뒤에 나는 온 힘을 다해 도움을 주고자 했다. 두 시간 넘게 전화로 이야기를 했다. 전화를 끊으면서 루시폴은 '고마워' 하고 말했다. 그 말이 내가 들은 마지막 루시폴 목소리였다. 전화를 끊고 루시폴이 시시엔과 잘 되기를 참마음으로 빌었다.

그다음 날은 아주 가벼운 마음으로 학교에 갔다. 점심시간이었다. 경주 옆자리에 가서 둘이 한참을 수다를 떠는데 경주가 화장실에 다녀온다면서 나갔다. 어떤 일이 있어도 스마트폰을 손에서 놓지 않는 경주였는데, 그날은 깜빡했는지 스마트폰을 놓고 나갔다. 내가 왜 그랬는지 모르겠지만 별 생각 없이 경주 스마트폰 패턴을 풀었다. 경주는 풀기 어렵게 지그재그로 패턴을 해두고 자주 바꿔서 웬만해선 풀기 어렵지만, 나는 눈썰미가 있어서 아무리 어려운 패턴도 한 번 보면 그대로 풀어버린다. 패턴을 풀었는데 때마침 문자가 왔다. 문자를 보고 나는 소스라치게 놀랐다. 문자를 보낸 사람 이름이 바로 '루시폴'이었기 때문이다. 손이 떨렸다. 루시폴로 된 문자를 열었다.

'시시엔! 미치도록 보고 싶다'

시시엔이라니! 루시폴이 말한 영혼의 반쪽이 바로 경주라니! 어떻게 된 일이지? 머리가 어지러웠다. 어찌된 일인지 헤아리려고 머리를 굴리려고 했지만, 내 머릿속은 블랙홀에 빠진 듯 꿈쩍을 안 했다. 이대로 있으면 안 된다. 더 알아내야 한다. 컴컴한 어둠속에서 벗어나려고, 나는 없는 힘까지 쥐어 짜 머리를 세차게 흔들었다. 머리가 돌아갔다. 곧 경주가 돌아온다. 경주가 오기 전에 어찌된 일인지 자세히 알아내야 한다. 마음을 추스른 나는 경주와 루시폴이 언제부터 문자를 주고받았는지 재빨리 찾아봤다. 날짜를 보니 내게 컴퓨터를 없애겠다고 말한 며칠 앞이었다. 나는 스마트폰을 끄고 제자리로 돌려놓았다. 끓어오르는 마음을 애써 가라앉혔다. 뭐가 어떻게 된 일인지 가만히 헤아려봤다.

경주가 언제부터 루시폴에 끌렸는지는 알 수 없다. 카페 글을 읽다가 좋아했을 수도 있고, 채팅을 하다 좋아했을 수도 있고, 내가 시시콜콜 해주는 말들을 듣고 빠져들었을 수도 있다. 내가 루시폴이 좋아하는 노래, 영화, 책, 먹을거리 따위를 모조리 알려주어서 경주는 루시폴에게 다가가기 쉬웠을 것이다. 이제 막 채팅을 한 낯선 여자가 저와 똑같은 노래와 영화를 좋아하고, 입맛까지 똑같으니 루시폴은 경주에게 끌릴 수밖에 없었다. 그래서 루시폴이 '영혼을 나눈 사람'이라고 했구나! 아귀가 맞았다.

모두 알아내자 부아가 치밀었다. 경주에게 욕을 바가지로 퍼붓고 친구 사이도 끝장내고 싶었다. 그러다 나는 경주가 어떤 아이인지가 떠올라 마음을 접었다. 경주는 사람을 제대로 사귈 줄 모른다. 그래서 나와 처음 만났을 때도 외톨이였다. 딱히 나쁜 점은 없는데 애들과 어울리다 보면 누구도 가까이 하지 않으려고 했다. 여자와도 친구 사이가 되지 못하는 경주이기에 남자 친구는 더더욱 만들지 못했다. 그런 경주이기에 멀리 떨어져서 꾸며진 모습만 나누는 연애에 끌렸을지도 모른다. 루시폴과 나누는 사랑이 경주에게는 딱 어울렸다. 루시폴이 나에게 먼저 헤어지자고 했지만, 루시폴이 헤어지자고 안 했어도 얼마 만큼 시간이 흐른 뒤엔 내가 먼저 헤어지자고 했을지도 모른다. 얼굴 없는 사랑에 내 온 삶을 걸 만큼 나는 외롭지 않았지만, 경주는 나보다 훨씬 외로웠다. 경주에게 루시폴은 외로움에서 벗어날 하나밖에 없는 동아줄인지도 모른다.

경주가 화장실에서 돌아왔을 때, 나는 모른 척하며 얼굴빛 하나 바꾸지 않고 경주를 대했다. 그 뒤로도 경주에게 루시폴에 관한 이야기는 한마디도 꺼내지 않았고 여느 때와 똑같이 지냈다. 그렇다고 내가 아무렇지 않을 수는 없었다. 잘 지내긴 했지만 아주 깊이 경주를 미워했다. 루시폴이 경주에게 더 잘 어울리기는 했지만, 하나 밖에 없는 친구 뒤통수를 치고, 몰래 내 남자를 빼앗은 경주를 미워하지도 않을 만큼 내가 거룩하지는 않았다.

나는 아주 느리게 경주와 사이를 벌렸다. 별다른 일을 벌이지도, 꾸미지도 않았음에도 3학년 말이 될 때쯤 나와 경주는 그냥 아는 사이로 멀어졌다. 경주는 또다시 외톨이가 되었고 나는 다른 친구들과 즐겁게 어울려 다녔다. 외톨이로 지내는 경주는 그리 힘들어 하지 않았다. 경주가 외로워하지 않는 까닭은 루시폴이 경주를 든든하게 사랑해주어서라고 여겼다. 아무리 봐도 루시폴에겐 나보다는 경주가 더 잘 어울렸다.

경주는 나와 같은 고등학교로 갔다. 그곳에서도 경주는 얼마 안 가서 외톨이가 되었다. 나중에 담임선생님이 시켜서 어쩔 수 없이 우리 모둠에 끼워주긴 했지만 결코 속 얘기를 나누지는 않았다. 경주도 나를 없는 사람처럼 여겼다. 경주에게 당한 뒤로 나는 아무리 가까운 사이인 친구에게도 내 남자 이야기를 하지 않게 되었다. 누가 물어보면 그냥 웃고 만다. 경주와 나는 서먹서먹하게 붙어 다니면서 말도 거의 나누지 않는 사이지만, 아직도 루시폴과 사귀는지는 꼭 묻고 싶었다. 그러나 물어보지는 않았다. 물어보면 내가 다 알고 있다고 털어놓는 꼴이기 때문이다.

경주를 볼 때면 가끔 루시폴과 시시엔이 얼굴을 마주보고 만나면 어떨까 그려보았다. 겹겹이 가려진 거짓이 벗겨지고, 진짜 맨

얼굴을 마주할 때 벌어질 일을 떠올리면 옛 아픔도 미움도 다 사
라지고 비실비실 웃음만 나왔다.

아프지 않게 사랑하는 길

: 17살 수족관 사장님 **송대현**

고등학교에 올라가자마자 내 눈에 들어온 남자가 송대현이었다. 송대현은 잘생긴 편은 아니었지만 키가 컸다. 다시 말하지만 나는 키 큰 남자에게 마구 끌린다. 키는 컸지만 애 같았던 이명수에게 화들짝 놀랄 만큼 덴 뒤에도, 키 큰 남자만 보면 끌리는 나를 어쩌질 못했다. 송대현은 큰 키를 빼고는 딱히 끌리는 점은 없었다. 도리어 사귀기에는 꺼림칙했다. 왜냐하면 애들이 송대현을 수족관 사장님이라 불렀기 때문이다. 치근덕거리지는 않았으나 괜찮은 여자애들한테는 다 잘해줬고, 손가락이 오그라드는 말도 아무나 가리지 않고 툭툭 던졌다. 송대현이 많은 여자들에게 다 잘해주었기에 딱히 내 남자 친구로 삼고 싶다는 마음은 들지 않았으나, 송대현이 키우는 물고기가 되어 수족관에서 노니는 맛도 그리

93

나쁘지 않았다. 처음엔 재미로 물고기 노릇을 했으나 송대현이 건네는 문자를 여러 번 받다 보니 송대현이 나를 좋아한다는 믿음이 점점 커졌다. 조금만 생각해보면 송대현이 나에게만 문자를 보내지 않았다는 점을 알 수 있었지만, 나는 애써 모른 척했다. 한동안 송대현 수족관에서 놀아서 그런지 모르지만 남들이 들으면 '왜 저래?' 했을 말들이 나에겐 묘하게 끌렸다.

송대현은 틈만 나면 내게 카톡을 보냈는데 어느 누구에게도 보여주지 않았다. 지민이나 윤지처럼 아주 친하게 지내던 친구들에게도 보여주지 않았다. 경주에게 루시폴을 빼앗긴 뒤로 남자 이야기는 아무에게도 털어놓지 않기로 마음먹었기 때문이다. 아무튼 둘은 별의별 문자를 다 주고받았다. 예를 들면 이런 식이다.

'야! 그 큰 키 남겨서 뭐하냐. 나한테 조금만 떼 주라'

조금만 더 키가 크기를 바라던 나는 송대현에게 곧잘 이런 문자를 날렸다.

그때마다 송대현은 재미나게 대꾸했다.

'내일 만나면 재주껏 가져 가!'

이러거나,

'나도 잘라서 주고 싶은데, 내 다리를 잘라서 너한테 붙여주겠다는 의사가 없네. 아쉽!'

이렇게 하거나,

'발바닥에 살이 조금 쪘는데 떼어줄까?'

또는 이런 우스개로 받았다.

송대현과 우스개를 나눈 다음 날이면 나는 송대현한테 장난을 걸었다.

"야, 어제 주겠다고 한 키 받으러 왔어."

이러거나,

"밖에서 의사 선생님 기다리셔."

이렇게 하거나,

"발바닥 살 잘라낼 칼 들고 왔는데 잘라 줄래?"

또는 이렇게 장난스럽게 말했다.

내가 장난을 걸 때마다 송대현은 껄껄 웃으며 좋아했다.

속이 별로 좋지 않은 어느 날이었다. 갈수록 맛이 없어지는 식당밥에 질려 가는데, 속도 좋지 않다 보니 거의 먹지도 못하고 교실로 돌아왔다. 피나는 살결에 소금물을 부은 듯 속이 아팠다. 얼굴을 찌푸리며 교실로 돌아왔는데, 책상에 걸터앉아 밥을 빨리 먹은 몇몇 여자애들과 노닥거리는 송대현이 있었다. 여느 때 같으면 나도 거기에 끼어들어서 한마디라도 더 하려고 꼼지락거렸을 텐데, 아픈 배가 나를 내 자리로 내몰았다. 여자애들이랑 재미나게 이야기하던 송대현이 나를 보더니 일어섰다.

"야, 윤다미! 오늘은 키 달라고 안 하냐? 너 줄 키 따로 떼 놨는데."

송대현이 거는 장난을 멋지게 되받아치려 했지만 배가 찌르르한 탓에 그만두었다. 그렇다고 송대현이 장난을 걸어오는데 아무런 대꾸도 안하고 그냥 자리에 앉기도 싫었다. 아픔을 참고 힘을 쥐어짜서 손을 앞으로 내밀며 말했다.

"떼어 놨어? 그럼 줘."

몇 낱말 내뱉지도 않았는데도 말을 하고 나니 배가 더 아팠다. 손을 힘없이 떨구며 자리에 앉았다.

송대현은 나를 보며 긴 팔을 넓게 벌렸다. 그러고는 이렇게 말했다.

"뛰어와서 나한테 안기면, 너 주려고 잘라 놓은 키 줄게."

그때, 나는 어찌해야 할 바를 몰랐다. 송대현 옆에는 송대현만 바라보는 여자애들이 가득했다. 모두 송대현 수족관에서 노는 애들이었다. 모든 여자애들이 한꺼번에 나를 뚫어져라 봤다. 그 눈초리들을 뚫고 송대현에게 폴짝 안기기는 쉽지 않았다. 무엇보다 내 몸에는 송대현에게 뛰어가서 안길만한 힘이 남아 있지 않았다. 그럼에도 이런 때를 놓치고 싶지는 않았다. 어떻게든 해보려고 몸을 일으키려는데 배가 또 아팠다. 뛰어가서 안길 엄두가 안 났다. 나는 하는 수 없이 손을 휘휘 저었다.

"야, 야, 됐어. 나 배 아파."

아쉬움을 삼키면서 배를 움켜쥐고 책상에 엎드렸다.

잠깐 교실이 조용했다. 그러거나 말거나 나는 엎드린 채 가만히 있었다. 다시 송대현과 여자애들이 시끄럽게 나누는 말소리가 교실을 채웠다. 엎드린 채 송대현이 보인 몸짓과 말을 한참 곱씹었다. 다른 여자애들이 다 보는 데서 나한테 왜 그렇게 했을까? 나를 좋아한다는 말일까, 아니면 다른 여자애들에게도 늘 하는 그렇고 그런 짓일까? 수족관 사장님이 나를 남다르게 좋아하는 물고기로 찍었을까, 아니면 수족관에서 노니는 물고기가 수족관을 벗어나지 못하게 어르고 달래는 짓이었을까? 어쨌든 많이 아쉬웠다. 몸이 좋았더라면 눈치 보지 않고 폴짝폴짝 뛰어서 안겼을 텐데……. 그랬다면 수많은 물고기들을 물리치고 내가 송대현과 사귀게 됐을지도 모르는데…….

배도 아프고 송대현과 일도 있고 해서 오후 내내 몸이 무척 힘들었다. 야자도 하지 않고 집으로 돌아와 약을 먹고 잠을 잤다. 푹 자고 나니 몸이 많이 나아졌고 속도 풀렸다. 깊은 밤이었다. 점심시간에 있었던 일을 떠올리며 스마트폰을 들었다. 보통 때는 쉽게 문자를 보냈는데 뭘 어떻게 써야 할지 갈피를 잡을 수 없었다. 그렇지만 더는 이런 사이로 내버려 두기 싫다는 마음만은 뚜렷했다. 나는 송대현에게 남다른 여자가 되기를 바랐다. 수많은 물고기들과 다투며, 수족관에서 노니는 즐거움만 받아들이며 살고 싶지는 않았다. 오늘 점심때 송대현이 다른 물고기들 앞에서 했던 말과 몸짓이 나에게 힘을 주었다. 점심 때 송대현 모습을 떠올릴수록 다른 여자애들보다 나를 더 가깝게 여긴다는 믿음이 생겼다. 이대로 마음을 털어놓을까, 아니면 더 기다려야 할까? 머리가 지끈거렸다.

어떻게 할지 더 많이, 더 깊이 따져보며 꼼꼼하게 생각하려 했으나 아픈 머리가 걸림돌이 되었다. 스마트폰을 내려놓고 그대로 자려다 깊이 숨을 들이마시며 스마트폰을 다시 들었다. 이때를 놓치면 다시 이런 날이 오기는 쉽지 않겠다 싶었다. 마음을 다잡고는 손이 가는 대로 썼다. 말 그대로 거침없이, 흘러가는 대로 낱말을 덧붙여 나갔다.

'네가 오늘 점심에 주려던 키를 못 받았는데 무척 아쉬워. 오늘 몸이 무척 안 좋았어. 네가 나눠줄 키를 꼭 받아야 했는데. 집에 와서 약을 먹었는데, 내가 이제부터 하는 말이 마음에 안 들면 그냥 내가 센 약을 먹어서 헤롱헤롱 한다고 여기면 돼. 물론 내가 너한테 하려는 말이 무엇인지 너는 알지도 몰라. 그리고 내가 뭐라고 하던 안 받아줘도 괜찮아. 그렇긴 하지만 나는 너를 좋아해. 물론 너는 이미 알고 있을지도 모르지만, 그래도 이렇게 말하고 싶었

어. 그렇다고 네가 꼭 나를 좋아해 주지 않아도 돼. 답을 안 해줘
도 되지만 해 주면 더 좋겠지. 괜히 너에게 짐을 지우고 싶지는 않
은데, 짐을 지우는 꼴이 된다면 그냥 가볍게 생각해. 아무튼 널 좋
아하고, 받아주지 않아도 나는 그러려니 할게. 이렇게 글을 보내도
되는지 모르겠지만, 그냥 꼭 보내고 싶었어. 오늘 네가 팔을 벌렸
을 때 안기지 못해서 아쉽기도 하고, 괜히 나 때문에 네가 머쓱해
하지 않았을지 생각하면 내가 잘못했다는 생각도 드네. 아무튼 널
좋아해. 그리고 꼭 안 받아줘도 돼'

다 쓰고 난 뒤에 읽어보지 않고 그냥 보내버렸다. 괜히 다시 읽
으면 망설이다가 보내지도 못하고 머리만 아플 것이기 때문이다.
보내 놓고 침대에 얼굴을 박고 가만히 기다렸다. 흔들리는 숨소리
만 방안을 두드렸다. 몇 분이 흐른 뒤 문자가 왔다는 소리가 들렸
다. 바로 보지 않았다. 흐트러지는 숨소리를 고르게 다듬은 뒤에
느릿느릿 스마트폰을 들었다.

송대현이란 이름을 눌렀다.

'너. . . 약에 취했냐?'

더 없었다. 딱 그러고 말았다.

어렵게 내 속내를 털어놓고 어떤 말이 올지 잔뜩 웅크린 채 기
다렸는데 약에 취했다는 말만 보내고 말다니? 내가 얼마나 다짐

하고 또 다짐하며 내 속마음을 털어놨는데 어떻게 이럴 수가 있지? 아무리 수족관 사장님이라도 참마음이라고는 느껴지지 않는 세 낱말만 보내다니 너무하잖아? 괜히 속상해서 눈물이 나려 했다. 서운함을 곱씹으며 젖어드는 눈을 훔치다 내가 마구잡이로 써 보낸 글이 들어왔다. 다 읽고는 나도 모르게 소리를 질렀다.

"아, 이게 뭐야!"

그냥 좋아하면 좋아한다고 하고, 아니면 아니라고 하면 되지 이랬다저랬다 갈피를 못 잡고, 좋아한다고 했다가, 받아주지 않아도 괜찮다고 했다가, 내가 봐도 약에 취해 쓴 글처럼 보였다.

나는 이불을 뒤집어쓰고 엎드려 침대를 마구 걷어찼다. 이런 엉망진창인 글을 쓴 엄지를 뚝딱 부러뜨려서 내 몸에서 떼어내고 싶었다. 글을 쓸 때 이 못된 엄지는 내 몸이 아니었나 보다. 어떻게 이런 얼토당토않은 글을 보냈을까? 손을 쥐어뜯고, 침대를 두들기고, 빈 방으로 발길질을 날려도 되돌릴 수 없는 일이었다.

그날 밤, 내가 보낸 문자를 수십 번 읽었다. 읽으면 읽을수록 남부끄러웠다. 그날 밤을 그렇게 미친 듯이 몸부림치며 보내고 나니 송대현을 향한 내 마음이 차갑게 식어 버렸다. 그 뒤로 송대현과 다시는 문자를 주고받지 않았고, 그렇고 그런 말도 섞지 않았다. 어쩐 일인지 송대현도 내게 말을 걸지 않았다.

송대현 수족관에서 내 발로 걸어 나온 뒤에야 송대현에게 빠졌던 내가 어처구니없어 보였다. 송대현 수족관에서 노는 여자애들도 바보처럼 보였다. 바보짓에서 벗어났다고 생각하니 기뻤지만, 오래도록 지워지지 않고 남을 그날 밤 보낸 문자를 떠올릴 때마다 얼굴이 빨개졌다.

　송대현 수족관에서 벗어난 뒤에 나는 이제까지 내가 마음을 준 남자들을 모두 떠올렸고, 그때 있었던 일들을 되짚었다. 이제까지 나는 제대로 된 사랑을 한 번도 하지 못했다. 늘 내 마음이 먼저 움직였고, 내가 더 좋아했고, 사귀면서 내가 더 조마조마 했다. 그러다 보니 헤어질 때 내가 더 힘들었고, 헤어진 뒤에 아픔이 오래갔다. 아픔을 무쇠상자에 담아 동굴 속 낭떠러지에 버리며 나를 지키기는 하지만 끌려가는 사랑, 어설픈 사랑, 어리숙한 사랑, 생채기를 입는 사랑은 정말 더는 하기 싫었다. 남을 사랑하느라 지나치게 나를 돌보지 않는 나를 그대로 두고 싶지도 않았다. 나는 나를 지키는 사랑을 하고 싶었다.
　어떻게 하면 나를 지킬지 생각하던 끝에 내가 좋아하더라도 남자가 나에게 먼저 다가오게 만들면 된다는 점을 깨달았다. 내가 사랑하는 남자가 나에게 먼저 사랑한다고 말하게 한다면, 사랑이 받아들여지지 않았을 때 겪는 아픔과 부끄러움은 없을 것이다. 어설프게 내가 먼저 다가가서 어긋나는 일이 없게 만들어야 혼자 침대를 차고, 내 옷을 쥐어뜯는 괴로움을 겪지 않는다. 내가 먼저 다가가지 않으면 사귀면서도 내가 더 안달하지 않게 되고, 헤어지더라도 가볍게 끝낼 수 있다. 내가 사랑하지만 남자가 나를 더 사랑하게 만들면 내가 겪는 모든 아픔과 힘겨움은 사라진다. 왜 이때까지 이런 멋진 길이 있는 줄 몰랐단 말인가!

남자가 먼저 사랑한다고 말하게 하려면 어떻게 해야 하는지 깊이 생각했다. 생각만 해서는 길이 보이지 않았다. 많은 책을 읽고, 인터넷을 뒤졌다. 이제까지 만났던 남자들과 있었던 일도 되짚으며 골똘히 따져봤다. 깊은 동굴에 처박았던 옛일도 슬쩍 꺼내서 요리저리 살폈다. 오랫동안 깊이 파고든 끝에 나는 남자가 먼저 좋아하게 만드는 방법을 찾아냈다. 내가 찾아낸 방법을 머리에 거듭 새겨 넣었을 뿐 아니라, 언제라도 쓸 수 있도록 거듭해서 익혔다. 내방 거울 앞에 서서 혼자 얼굴빛도 바꿔보고, 몸짓도 해 보고, 그럴싸한 말도 내뱉어 봤다. 처음엔 꼭 이런 짓까지 해야 할까 싶어 많이 머뭇거리고, 오글거리는 몸짓과 말투에 무척 쑥스러웠지만 꿋꿋하게 익혔다. 익히고 또 익히다 보니 내가 듣기에도 부드러워지고 오글거림이 사라졌다. 바로 그 즈음에 내가 갈고 닦은 재주를 쓸 남자가 나타났다.

그 남자를 아주 좋아하지는 않았다. 바로 그런 까닭에 그 남자에게 내가 익힌 재주를 써먹어 보기로 했다. 정말 좋아하는 남자에겐 처음 세운 뜻대로 하지 못하고 뜻하지 않는 길로 흘러가 버릴 수도 있지만, 그 남자에게는 그럴 걱정이 없었다.

　나는 남자를 얽어맬 올무를 꼼꼼하게 만들었고, 알맞은 때에 알맞은 곳에서 올무를 집어 던져 남자애를 끌어당기기로 했다. 올무를 걸어 끌어당기는지조차 눈치채지 못한 채, 상대방이 나에게 사귀자고 말하게 만들기가 내가 오르려는 봉우리였다. 사귀자고 말하면 받아줄지 말지는 그때 가서 끌리는 대로 하기로 했다.

사랑은 연극과 함께 익어간다

: 17살 내가 던진 올무에 걸려든 **홍정훈**

1학년 2학기 중간고사가 끝나고 축제가 다가오면서 학교는 들
뜬 기운으로 출렁였고, 수업이 끝나면 교실마다 축제에서 선보일
연극, 노래, 그림 등을 함께 준비하느라 시끌시끌했다. 나도 축제
에서 할 연극 때문에 바쁘게 움직였다. 10분밖에 안 되는 짧은 연
극이었지만 할 일은 무척 많았다. 바빴지만 친구들과 함께 머리를
맞대고, 어려운 고개를 넘어설 때마다 뿌듯했다. 힘들게 연극 연
습 준비를 하다가 잠깐 짬을 내고 나누는 수다는 무엇보다 즐거
웠다.

어느 날, 한참 수다를 떨다가 이런 말을 툭 던졌다.

"나뭇잎은 예쁘게 물드는데 내 옆구리는 허전하니, 어디서 남
자라도 하나 구할까?"

불쑥 나온 말은 아니었다. 그때 내 머릿속은 내가 끌어당기지도 않은 척하며 끌어당겨 남자가 나를 좋아하게 만들겠다는 생각으로 가득했다. 뭐든 첫 걸음을 잘 떼야 한다. '첫술에 배부르랴'는 말도 있지만, '첫 단추를 잘 꿰어야 한다'는 말도 있다. 첫 걸음을 잘 떼면 술술 잘 풀리겠지만, 첫 걸음이 꼬이면 그 뒤에 하는 일은 모두 꼬이기 마련이다. 나는 꼭 남자를 내 뜻대로 움직여서 사귀자고 말하게 만들겠다는 내 뜻을 이루고 싶었다. 더는 남자가 나를 사랑해 줄지 안 줄지 애타게 발버둥치고 싶지 않았다. 그러니 내가 쏜 화살에 잘 맞아 줄 과녁이 될 첫 남자를 잘 골라야 했다.

"홍정훈 있잖아."

"그래, 홍정훈 좋네."

"너랑 맨날 치고 박고 장난치던데, 마음이 있으니까 그러겠지."

"마침 연극도 같이 하는데 잘 됐네."

여자 친구들은 깔깔거리고 웃으며 나에게 홍정훈을 밀었다.

"야, 야, 아무리 옆구리가 허전해도 홍정훈은 아니다."

나는 시큰둥하게 대꾸했다.

그때는 아니라고 튕겨냈지만, 가만히 곱씹어보니 홍정훈을 첫 과녁으로 삼아도 괜찮겠다 싶었다. 홍정훈과 나는 스스럼없이 놀고 장난치는 사이였다. 가까웠지만 사귀고 싶은 마음은 조금도 들지 않았다. 홍정훈은 됨됨이도 바르고 겉모습도 나쁘지 않았다.

여자애들과도 스스럼없이 지냈지만, 송대현처럼 이 여자 저 여자 건들고 다니지 않는 점도 괜찮았다. 무엇보다 내가 깊이 빠져들 만한 끌림이 없다는 점이 좋았다. 내가 찾던 첫 남자로 홍정훈이 딱 알맞았다. 나는 홍정훈에게 올무를 걸어 끌어당겨 보기로 마음먹었다.

그날 밤, 나는 혼자 부지런히 익혔던 솜씨를 다시 한 번 되짚어 보고, 거울 앞에서 연극을 하듯이 되풀이 해보았다. 홍정훈에게 무슨 올무를 어떻게 걸지도 적바림했다. 다음 날부터 홍정훈을 붙들어 맬 올무를 하나씩 던졌다.

나는 먹으라고 하면 하루 다섯 끼도 먹을 만큼 튼튼했지만, 그날은 아침부터 살짝 얼굴을 찡그리며 아픈 척했다. 그러나 지나치게 아픈 척하지는 않았다. 연극 연습에 빠지란 소리를 들을 만큼 아픈 척하면 안 되었기 때문이다. 친구들이 아프니까 쉬라고 하면 홍정훈 눈길을 끌 수 없게 된다. 또한 너무 많이 아픈 척하면 친구들이 나를 챙기게 되고, 그러면 홍정훈이 비집고 들어올 틈이 없게 된다. 친구들이 챙겨줄 마음이 생기지는 않지만 홍정훈 눈길은 끌 만큼만 아픈 척하기로 했다.

나는 틈 날 때마다 살짝 찡그렸다. 연극 연습을 하러 가면서도 배를 만지며 살짝 찡그리기를 거듭했다.

“다미야, 너 괜찮아? 연습할 수 있겠어?”

함께 있던 친구가 걱정스럽게 물었다.

“으응. 괜찮아. 연습할 힘은 있어. 살짝 아플 뿐이야.”

옆에 가던 친구와 나누는 얘기를 가까운 곳에 있던 홍정훈도 들었는지 설핏 나를 살폈다. 조금 걱정하는 낌새가 보였다. 연극 연습을 할 때 다른 애들 앞에서는 되도록 찌푸린 얼굴을 하지 않다가, 홍정훈 눈길이 닿을 때면 알게 모르게 살짝 찌푸렸다.

오후 연습이 끝나고 저녁을 먹으러 애들이 일어났지만 나는 가만히 있었다.

“다미야, 저녁 먹어야지?”

나는 배를 살살 쓰다듬었다.

“먹으면 더 아플까 봐 못 먹겠어.”

“그렇게 많이 아파?”

“아니, 많이 아프지는 않은데 먹으면 진짜 아플까 봐 걱정 돼서.”

“저녁 늦게까지 연습해야 하는데 어떻게 하나?”

“뭐, 다이어트 한다 생각하지 뭐. 다들 잘 먹고 와. 나는 대본이나 마저 외울게.”

친구들은 날 걱정하면서 저녁을 먹으러 갔다.

나와 툭하면 장난을 치던 홍정훈은 내가 아프니 장난도 못 걸고 걱정스럽게 날 보며 애들을 따라갔다. 홍정훈은 가장 늦게 나가면서 내 쪽을 봤는데, 나는 억지웃음을 지으며 손을 흔들었다.

밥을 안 먹었기에 저녁 연습을 하는 내내 배가 고파서 정말 힘들었다. 그러나 아주 힘든 척하지는 않았다. 조금 아프지만 연습하기에는 괜찮은 몸으로 보이게끔 꾸몄다. 그다음 날 저녁도 나는 밥을 먹으러 가지 않았다. 애들은 또 걱정하는 말을 남기고 나갔다. 홍정훈은 다른 애들을 뒤따라가지 않고 내 옆에 남았다.

"진짜 안 먹어도 되냐?"

홍정훈이 걱정스럽게 물었다.

"다이어트 한다고 생각하면 된다니까."

나는 아픈 사람이 지을 만한 웃음을 만들어냈다. 거울을 보며 숱하게 지은 얼굴이었다.

"어제도 연습할 때 힘들어 하더니."

나는 걱정하는 홍정훈 말을 들으며 속으로 생글생글 웃었다. 물론 겉으로는 드러내지 않았다.

"그렇게 걱정이 되면 뭐라도 사다 주든지."

"야, 내가 돈이 어딨냐?"

"칫, 됐어."

나는 삐진 척하며 연극 대본을 뒤적였다.

잠깐 서 있던 홍정훈이 발을 움직이는 소리가 들렸다. 나는 애들이 돌아올 때까지 대본도 뒤적이고, 홍정훈이 어떻게 할지 궁금해 하면서 노닥거렸다. 얼마 뒤 애들이 저녁을 먹고 돌아왔다. 홍정훈은 보이지 않았다. 애들이 온 지 10여 분쯤 지난 뒤에 홍정훈이 돌아왔다. 홍정훈은 곧바로 나에게 오더니 주머니에서 뭔가를 꺼냈다.

"야, 받아."

"뭔데?"

"사오라며? 그래서 사 왔지."

홍정훈 손에는 캔이 있었다. 캔을 잡았다. 따뜻했다.

"돈도 없다면서?"

캔을 받았다.

"뭐야, 뭐야. 나한테 빌린 돈으로 다미 마실 캔 사왔어?"

"야, 야, 둘 사이에 흐르는 이 끈적끈적한 기운은 뭐야?"

애들이 호들갑을 떨었다.

나는 캔을 따고는 손을 가볍게 저었다.

"캔 하나 사준다고 사귀나?"

나는 배를 쓰다듬으며 홍정훈이 준 캔을 따서 느릿느릿 마셨다. 애들도 연극 연습이 바빴기에 더는 이러쿵저러쿵 말하지 않았다. 다음 날도, 그다음 날도 홍정훈은 저녁을 먹으러 갔다가 돌아오면서 이것저것 사왔다. 애들 눈치가 보이는지 다른 애들 먹을거리도 사왔다. 홍정훈은 내가 던진 첫째 올무에 걸려들었다. 애처롭고 안쓰러워하는 올무에.

첫째 올무가 단단하게 걸렸음을 안 나는 홍정훈을 더 바짝 끌어당길 둘째 올무를 마련했다. 연극을 할 때 몇 가지 음악을 썼는데 그 가운데 약간 무서운 음악이 있었다. 나는 그 음악이 들릴 때마다 싫은 낯빛을 하며 일부러 귀를 막았다. 귀를 막을 때는 뒷걸음질을 쳐서 애들 뒤쪽으로 물러섰다. 내가 뒤로 물러설 때마다 홍정훈이 눈으로 날 좇았다. 진짜 공연하듯이 연습을 할 때는 내가 대기실에 머물 때 그 음악이 나왔다. 홍정훈은 조연출이어서 이곳저곳 돌아다니며 돕는 일을 했는데, 나는 능청스럽게도 홍정훈이 대기실에 오면 더 힘껏 귀를 막는 시늉을 했다. 물론 홍정훈을 보면서 하지는 않았다.

내 코는 다른 애들보다 냄새를 잘 맡는데 홍정훈에게선 아주 남다른 샴푸 내음이 퍼졌다. 이 내음이 풍기면 홍정훈이 가까이 있다는 뜻이었다. 음악이 들리는데 홍정훈 내음이 느껴지면 나는 귀를 막고 이맛살을 찌푸렸다. 어느 날, 음악이 나올 시간이 다가오는데 가까운 곳에서 익숙한 내음이 진하게 풍겼다. 나는 가만히 앉아 있다가 귀를 막으려고 손을 들었다. 그때 따뜻한 손이 내 귀를 막았다. 내 손은 무릎으로 얌전히 돌아갔다. 짙은 내음과 든든

한 손이 나를 무서움에서 따스하게 지켜주었다. 문득 초등학교4
학년 때 내가 씹는 자이리톨 냄새를 알아차린 민규가 떠올랐다.
먼 거리에서 자이리톨 씹는 냄새를 맡자마자 나를 좋아하게 되었
다는 민규, 아련한 아쉬움으로 남은 첫사랑, 잠깐이었지만 홍정훈
이 민규처럼 느껴졌다.

홍정훈 손은 세지도 약하지도 않게 내 귀를 막았다. 음악은 거
의 들리지 않았다. 조금 뒤 귀를 막은 홍정훈 손이 귀에서 조금 떨
어졌다. 음악이 끝났기 때문이다. 나는 멀어지려는 홍정훈 손을
부드럽게 잡았다. 살포시 잡고는 엄지손가락으로만 홍정훈 손을
쓰다듬었다. 느릿한 떨림이 엄지손가락 끝을 타고 흘러 들어왔다.
살짝 힘을 들여 꼭 쥔 뒤, 손을 무릎으로 내렸다. 내가 손을 떼자
홍정훈 손도 사라졌고 내음도 멀어졌다.

홍정훈이 대기실에서 사라진 뒤 나는 빙그레 웃었다. 홍정훈은
날 지켜주려고 했다. 내가 느끼는 두려움을 막아주려 했다. 든든
한 버팀목이 되어주려 했다. 남자라면 사랑하는 여자가 힘들고 괴
로워하면 지켜주려고 나서야 한다. 홍정훈이 조금이라도 내게 마
음이 있다면 무서운 음악에 괴로워하는 나를 지켜주려고 나서리
라 믿었다. 마음이 끌려서 지켜주려고 나서기도 하지만, 지켜주려
고 무언가를 하다보면 마음이 더 끌리기 마련이다. 내가 던진 둘
째 올무였다. 둘째 올무도 잘 걸렸는데, 뜻하지 않게 셋째 올무도

한꺼번에 걸렸다. 수백 마디 말보다 손과 손이 맞닿으며 지어내는 떨림이 마음을 뒤흔든다. 스치는 손길에 사랑이 익어간다. 사랑은 말보다 손을 타고 더 잘 흐른다. 홍정훈은 내게 거의 다 넘어 왔다. 마지막 올무만 걸면 끝난다.

다음 날, 가을 날씨 치고는 꽤나 쌀쌀했다. 두툼하게 옷을 입지 않으면 춥게 느낄 만한 날씨였다. 그럼에도 나는 아주 얇은 옷만 입고 나갔다. 학교 가는 내내 추위를 느꼈지만 꾹 참았다. 안 추운 척하다가도 홍정훈 냄새가 진해지면 춥다고 투덜거렸다.

"옷을 너무 얇게 입었나 봐. 어~ 추워."

두세 번 그렇게 엄살을 떨었다.

처음엔 엄살만 부리려고 했는데 나중엔 진짜 추웠다. 연극 연습을 할 때까지 꿋꿋하게 추위를 견뎠다. 연습이 끝나고 집으로 갈 때 나는 일부러 가장 앞장섰다. 문을 열었다. 찬 기운이 매섭게 살갗을 파고들었다. 일부러 추운 척하지 않아도 정말 추워서 저절로 말이 튀어나왔다.

"으으으, 추워."

나는 다시 문을 닫고 옷깃을 여몄다. 괜히 옷을 얇게 입고 왔나 싶었다. 그때였다.

"야, 이 옷 입어."

홍정훈이었다. 내게 조끼를 건넸다.

"넌 어떡하고?"

"난 몸에 열 많아."

옆에 있던 애들이 시끄럽게 떠들었다.

"뭐야, 뭐야!"

"오, 홍정훈 남자네!"

나는 모른 척하며 홍정훈이 건네주는 조끼를 받아 입었다. 따뜻
했다.

집에 간 뒤에 홍정훈에게 고맙다는 문자를 보냈다. 홍정훈에게
서 방긋 웃는 이모티콘이 왔다. 웃는 이모티콘 아래로 나는 고르
고 고른 낱말로 만든 말을 홍정훈에게 보냈다.

나 : 방금 교복을 옷장에 거는데, 교복에서 네 냄새가 나

홍 : ‘^^;~!’

나 : 참 향긋해

홍 : 헤~!

마지막 올무였다.

‘나도 너에게 마음이 있어. 내가 먼저 다가가지는 않지만 네가
나에게 오면 기꺼이 받아줄게. 그러니 망설이지 말고 다가와’

비록 이렇게 말하진 않았지만 몇 마디 나눈 문자에 나는 이 마음을 담았고, 홍정훈이 보낸 문자를 보건데 홍정훈도 내 마음을 알아차렸다. 내가 마련한 네 올무는 홍정훈을 단단히 옭아맸다. 홍정훈은 내가 바라는 대로, 내가 생각한 대로 한 치도 어긋나지 않고 나에게 걸려들었다. 이제 홍정훈이 사귀자고 말하기만 기다리면 된다. 이렇게까지 했는데도 망설이고 다가오지 않는다면, 그런 답답하고 꽉 막힌 남자는 아예 여자를 사귈 생각도 하지 말아야 한다.

내 생각은 틀리지 않았다. 다음 날은 학교 축제였고 우리는 그동안 부지런히 연습한 연극을 올렸다. 연극은 깔끔하고 훌륭했으며, 선생님이나 학생들도 손뼉을 치고 깔깔거리며 즐거워했다. 연극을 잘 마무리해서 모두 신이 났다. 연극이 끝나고 다들 웃고 떠들 때 나는 홍정훈에게 슬쩍 다가가 조끼를 내밀었다. 조끼를 담은 종이가방을 홍정훈에게 건네려고 하는데 홍정훈이 내 손을 끌고 구석으로 갔다.

"나, 너 정말 좋아해. 나랑 사귀자."

그러면서 꽃 한 송이를 내밀었다. 연극이 끝나고 몇몇 애들에게서 받은 하얀 꽃다발 위로 홍정훈이 건네는 노란 꽃이 얹어졌다. 흰 꽃보다 진한 냄새가 코를 간질였다. 부드러운 초콜릿이 입안에 감돌 때처럼 맑은 기운이 피어올랐다. 나는 조끼를 담은 종이가방을 다시 내 쪽으로 거둬들였다.

"오늘 밤 생각해보고, 너와 사귀고 싶으면 조끼를 돌려주지 않고, 아니면 돌려줄게."

홍정훈이 내게 사귀자고 먼저 말하게 만들었으니 내가 하고자 하는 바는 이루었다. 그렇지만 홍정훈을 받아들일지 말지는 아직 정하지 않은 터라 어떻게 할지 망설였다. 바로 대꾸하기에는 머리가 뒤죽박죽이었다. 생각할 시간이 있어야 했다. 그렇다고 차갑게 밀쳐내고 싶지는 않았다. 그래서 한마디 덧붙였다.

"꽃, 고마워."

그날 밤 나는 집에 와서 침대에서 방방 뛰며 즐거움을 마음껏 누렸다. 내가 마음만 먹으면 이제 누구든 나를 좋아하게 만들 수 있다는 믿음이 생겼으니 어찌 기쁘지 않겠는가? 사랑을 얻기 위해 애타고 속 쓰린 적이 많았던 내가, 내 뜻대로 남자를 끌어당길 힘과 재주가 생겼으니 어찌 신나지 않겠는가? 그날 밤 나는 나를 위한 잔치를 벌였다. 두고두고 내 삶을 바꾼 기념일로 삼아 해마다 잔치를 벌여야겠다는 다소 엉뚱한 다짐까지 했다.

다음 날 아침, 홍정훈이 준 조끼를 종이가방에 넣을까 하다가 그만두었다. 그 대신에 심심해서 짰던 목도리를 집어넣었다. 그리고는 종이가방에 테이프를 단단히 붙여서 속이 안 보이게 가렸다.

나는 학교에 가자마자 홍정훈에게 종이가방을 내밀었다. 홍정훈 얼굴이 일그러졌다. 날 보며 웃던 입술은 아래로 축 쳐져 땅에 닿을 듯했다. 나는 고소함을 느끼면서도 아무렇지 않은 척하며 자리로 돌아왔다. 하루 내내 홍정훈은 시무룩했다. 말도 없었다. 축제가 끝난 다음 날이라 야자도 없었다. 수업이 끝나자마자 교실을 나서는데 종이가방을 힘없이 들고 터벅터벅 걸어가는 홍정훈이 보였다. 그때까지도 홍정훈은 종이가방을 열어보지 않았다. 아마 조끼가 들었다고 여기고는 열어보지도 않은 모양이었다. 나는 아무 말도 안 했다.

집에 가서 씻고 저녁을 먹고 내 방에서 문제집을 펴는데 전화가 울렸다.

"야, 유다미! 너 진짜 끝까지 장난칠래! 날 차버리는 줄 알았잖아!"

"열어보지도 않고 삐진 애가 누구지?"

"고마워! 받아줘서."

나는 키득키득 웃었다.

우리는 한참 웃고 떠들며 이야기를 나눴다. 홍정훈 말에서 사랑과 기쁨이 가득 묻어났다. 전화를 끊으려는데 홍정훈이 물었다.

"그나저나 내 조끼는 왜 안 돌려줘?"

"이 옷은, 너와 나를 맺어준 고마운 옷이니까. 내가 간직하려고."

마지막까지 제대로 읽어맸다.

"아~~!"

단 한마디였지만 홍정훈 얼굴과 마음이 어떨지는 다 보였다.

받아 줄 때 쉽게 받으면 안 된다. 살짝 애를 태워야 한다. 어차피 사귀려면 내가 윗자리에 서야 한다. 남자가 나를 더 사랑해야 한다. 내가 사랑하는 사람과, 나를 사랑하는 사람 가운데 굳이 한 사람을 골라야 한다면, 나는 나를 사랑하는 사람을 고르겠다. 나는 아픔을 겪고 싶지 않고 사랑을 받고 싶다. 마음에 꼭 차진 않겠지만 나를 좋아하는 사람에게서 받는 사랑을 누리는 기쁨이 더 좋다. 홍정훈은 그에 딱 맞는 애였고, 그 뒤 겪은 바에 따르면 내 생각은 틀리지 않았다.

홍정훈과 나는 2학년 1학기까지 별 탈 없이 사귀었다. 그 어느 때보다 즐겁게 만났고, 연애다운 연애를 했다. 홍정훈이 나를 더 사랑했다. 나는 온전히 홍정훈을 다 사랑하지 않았기에 알맞은 거리를 두었고, 그래서 다툼 한 번 없이 즐겁게 연애를 했다. 가슴 떨리게 달달하진 않았지만 나름 괜찮은 연애였다. 따지고 보니 첫사랑 민규와 깨진 뒤 처음으로 제대로 나눈 사랑이기도 했다.

그러다 여름방학 때 어처구니없는 일로 홍정훈과 사이가 틀어지고 말았다.

남자는 여자를 모른다

: 18살 아쉬워도 떠나보낸 **홍정훈**

홍정훈과 사이가 틀어진 이야기를 하려면 먼저 두 가지 일을 알아야 한다. 첫째는 내가 당한 더러운 일이고, 둘째는 홍정훈과 얽힌 일이다.

내가 당한 더러운 일부터 말하겠다. 나에게 더러운 짓을 한 그놈 이름은 입에 올리기도 싫으니 그냥 '그놈'이라 하겠다. 그놈은 아무 여자에게나 집적거려서 거의 모든 여자들이 싫어했다. 1학년 때 잠깐 좋아한 송대현도 많은 여자들에게 집적거렸으나 여자들에게 버릇없이 굴지 않았고, 여자들이 좋아할 만한 구석이 많았다. 그러나 그놈은 그렇지 않았다. 별로 잘생기지도 않은 놈이 잘생긴 척하고 다녔다. 우리학교 식당에 가는 길에는 큰 거울이 걸렸는데, 그놈은 점심시간만 되면 늘 그 앞에 서서 거울을 들여다보며 잘생긴 척 멋을 부리고, 지나가는 여자애들에게 짓궂은 말을 던졌다. 그밖에도 여자들이 싫어할 만한 짓은 골라서 하고 다녔다.

아무튼 그놈은 틈만 나면 여자들에게 더러운 짓을 일삼았는데, 5월 어느 날 내가 당하고 말았다. 점심시간에 모둠과제 때문에 여러 남자애들이랑 모여 복도에서 얘기를 나눌 때였다. 얘기가 잘 돼서 서로 손바닥도 마주치고 어깨도 툭툭 치면서 잘해보자고 기운을 모아 가는데, 우리 모둠도 아닌 그놈이 끼어들더니 다짜고짜 손을 내밀었다.

"야, 뭔지 모르지만 나도 신나네. 나도 한 번 끼워주라."

그러면서 내 쪽으로 손을 내밀었다.

그때 뭔 생각인지 모르지만 그놈에게 손을 내밀고 말았다. 어느 때 같으면 결코 하지 않았을 텐데, 그때 워낙 들떴기에 생각 없이 손을 내밀었다. 가볍게 치고 손을 빼려는데 걔가 내 손을 꽉 잡았다.

"야, 너 나 손잡았냐?"

그놈은 징그럽게 웃었다.

나는 팔에 힘을 주어 손을 빼내려 했지만 그럴수록 그놈은 내 손을 꽉 잡았다.

"야, 안 놔!"

"왜 그래? 네가 잡았으면서."

그놈은 피식거리며 즐거워했다.

나는 몸을 뒤로 젖히며 손을 빼내려 했다. 내 힘에 이끌려 그놈이 끌려왔다. 나는 몇 걸음 뒤로 물러났고 그놈은 끝까지 손을 놓지 않고 따라왔다.

"왜? 날 끌고 가게? 어휴, 좋아라!"

힘으로는 그놈을 이길 수 없었다. 부아가 치밀어 욕이라도 퍼부어주려고 할 때였다. 바람처럼 날아온 그림자가 그놈을 냅다 걷어찼다. 홍정훈이었다. 그놈은 괴로워하며 나뒹굴었고 그때서야 내 손은 그놈 손아귀에서 벗어났다. 홍정훈이 발길질을 한 번 더 했고 그놈은 아무 소리 못하고 잽싸게 도망쳤다.

나는 아픈 손을 매만지며 홍정훈에게 고맙다고 말하려는데 홍정훈이 갑자기 나에게 짜증을 냈다.

"네가 어떻게 했기에 저딴 놈이 집적거리냐?"

잠깐 동안 나는 무슨 일인가 싶어 머리가 멍해졌다. 내가 뭘 잘못했다고? 나는 아무런 잘못도 없었다. 그놈이 더러운 짓을 했을 뿐이다. 홍정훈에게 따지려다가 복도에서 우릴 보는 수많은 눈을 느끼고는 나오려는 말을 집어삼켰다. 그러고는 재빨리 잘못했다고 말했다. 그날 나는 홍정훈에게 몇 번이나 잘못했다고 말하고, 맛있는 저녁밥까지 사줬다. 다음 날이 되자 홍정훈은 '앞뒤 알아보지도 않고 나한테 소리를 질렀다'면서 '잘못했다'고 말했다. 그

놈과 나 사이에 일어난 일을 본 다른 친구들이 홍정훈에게 뭐라고
한 모양이었다. 아무튼 그 일은 그렇게 마무리되었다.

다음은 홍정훈과 다른 여자애 사이에서 일어난 일이다. 그 여자
애 이름도 굳이 밝히고 싶지 않다. 그 여자애가 잘못은 하지 않았
지만, 이름을 입에 올리기는 정말 싫다. 아무튼 그 여자애는 홍정
훈과 툭하면 다퉜다. 다퉜다기보다는 홍정훈이 괜히 그 여자애에
게 잔소리를 해댔다. 옷이 엉망이라느니, 책상이 지저분하다느니,
말투가 왜 그렇게 버릇없냐는 등 시시콜콜 잔소리를 해댔고, 그때
마다 여자애는 홍정훈에게 험한 말을 쏘아붙였다. 그렇게 둘은 틈
만 나면 다퉜다.

"걔한테 왜 그래? 그만하지!"

내가 술하게 말렸지만 홍정훈은 아랑곳하지 않았다.

"눈꼴 시려 못 보겠어. 여자애가 꼴이 뭐냐?"

홍정훈은 깔끔하고 꼼꼼했다. 그래서 옷이나 둘레가 깔끔하지
않거나, 일을 설렁설렁 하면 몹시 싫어했다. 홍정훈에게 가끔 잔
소리를 들을 만큼 나도 그리 꼼꼼하지 못하지만, 그 여자애는 내
가 보기에도 심했다. 여자애는 얼굴은 괜찮았지만 늘 둘레를 지저
분하게 하고, 뭘 하나 해도 엉성했다. 홍정훈이 딱 싫어하는 면만
다 갖춘 애였다. 나도 홍정훈이 무엇을 싫어하는지 알기에 그냥

그러나 보다 하고 내버려두었다.

　기말고사가 끝나는 날 둘이 재미나게 놀 때였다.

　"생각해보니까 걔한테 내가 조금 지나쳤어."

　"이제 알았냐?"

　"그러게."

　"홍정훈 사람 됐네."

　여기까진 웃음이 오갔다.

　"그래서 여름방학 때 영화라도 보여주려고 하는데, 괜찮을까? 네가 싫다고 하면 안 할게."

　홍정훈 말을 듣고 웃음이 가셨다. 나는 싫다고, 그러지 말라고 말하고 싶었다. 홍정훈과 그 여자애가 단 둘이서 영화를 보러 가는 모습을 떠올리니 뭔지 모르지만 꺼림칙했다. 그러다 홍정훈이 그 여자애를 얼마나 싫어하는지 떠올리고는 괜찮겠다 싶었다. 무엇보다 홍정훈이 그 여자애에게 지나치게 잔소리를 많이 한 잘못을 빌려고 영화를 보여주려는 마음을 받아들였다. 그래서 하고 싶은 대로 하라고 말했다. 홍정훈은 제가 가볍게 바라는 바를 내가 깔끔하게 들어주자 활짝 웃었다. 내가 마음이 참 넓은 사람임을 보여준 듯해서 나도 뿌듯했다.

　두 가지 일은 그대로 놓고 보면 별일 아니었다. 마무리도 나쁘지 않았다. 아니, 어쩌면 괜찮지 않았는데 괜찮은 척하다가 일이

틀어진지도 모른다. 아무튼 이 두 가지 일과 새롭게 일어난 일이 뒤엉키면서 홍정훈과 어긋나고 말았다.

여름방학을 하는 날이었다. 가방을 주섬주섬 싸서 밖으로 나가는데 그 여자애가 따라오더니 할 말이 있다고 했다. 여자애는 나를 끌고 카페로 갔다. 마실거리를 기다리면서 여자애 얼굴을 살폈는데 여느 때와 달라 보였다. 화장을 진하게 하고 머리도 정갈했다. 무언가 빈틈 많고 지저분해 보이던 얼굴이 아니었다. 옷도 깨끗했고 신발도 새로 샀는지 반짝반짝 빛이 났다. 뭔지 모르지만 늘 지저분하게 하고 다니던 그 여자애가 아니었다.

말없이 커피가 나오기를 기다렸다. 커피가 나오고 한 모금씩 마신 뒤에야 개미가 기어가는 듯한 목소리가 들렸다.

"너한테 이런 말을 해야 될지 모르긴 한데……."

"뭔데? 마음 놓고 말해."

나는 개미 소리로 말하지 말라는 뜻으로 일부러 크게 말했다.

"응… 그러니까… 그게…, 조금 그렇고 그런 얘기여서."

여자애는 할 이야기는 꺼내지 않고 말을 뱅뱅 돌리기만 했다. 답답했다.

"이야기하기 싫으면 하지 마."

나는 커피를 후루룩 다 마셔 버렸다.

"할 말 없지? 커피는 잘 마셨어. 그럼 나 먼저 갈게."

나는 일어나려고 가방을 챙겼다.

"홍정훈 이야기야."

여자애가 큰 목소리로 말했다. 파리가 귓가에서 잉잉 거리는 소리 같았다.

나는 반쯤 일어서다 말고 다시 앉았다.

"홍정훈? 왜?"

"홍정훈이 이야기 안 했어?"

"뭘?"

"안 했겠지."

"야, 밥 하냐? 뜸 들이게. 꺼냈으면 말을 해."

나는 다시 가방을 집어 들었다.

"오늘 저녁에 영화 보러 가기로 했어."

"영화?"

나는 잠깐 무슨 일인지 몰라 멍했지만, 곧이어 어떤 일이 벌어졌는지 알아차렸다. 홍정훈이 예전에 영화를 보여줘도 되냐고 했던 말도 떠올랐다. 이미 아는 얘기였기에 아무렇지 않게 넘기려고 했지만 그러지 못했다. 무언가 찜찜하고 거슬렸다. 무엇보다 거슬리는 점은 깔끔하게 옷을 차려 입고, 얼굴과 머리까지 정갈하게 꾸민 여자애 겉모습이었다. 말도 어느 때 같지 않게 차분하게 하는데 모두 홍정훈이 늘 바라던 몸가짐이요, 말투였다.

'이 여자애, 홍정훈을 좋아하나?'

믿기지 않았다.

'그렇게 홍정훈에게 잔소리를 듣고, 툭하면 싸웠는데 좋아하는 마음이 들까?'

골똘히 따져보니 그럴 수 있겠다 싶었다. 나도 맨날 싸우다가 좋아하게 된 애가 있었으니까 이 여자애도 그럴 만했다.

잠깐 사이에 앞뒤를 다 알아챘지만, 그 여자애가 나에게 홍정훈과 영화를 보러간다고 말하는 까닭은 도무지 헤아리기 힘들었다. 좋아하면 몰래 가면 되고, 둘이 숨기면 어차피 나는 모를 일인데 왜 나에게 이야기를 할까 싶었다. 무언가 홍정훈에게서 남다른 느낌을 받지 않았다면 저런 말을 내게 할 까닭이 없겠다는 생각도 들었다. 홍정훈을 좋아하면 몰래 다가가서 홍정훈을 꼬시면 될 텐데 내가 다 알아차리게 만들어서 어쩌려는 심보인지 모르겠다.

'설마, 나랑 홍정훈을 싸우게 만들려고?'

내가 알던 여자애는 그렇게까지 나쁜 애가 아니었다. 그렇게 나쁜 뜻을 품고 나에게 말했다고는 믿고 싶지 않았다. 그러다 루시 폴을 빼앗아간 경주가 떠올랐다. 경주도 그런 짓을 저지를 애라고 누구도 믿지 않을 만큼 겉으로 보기엔 착하다. 물론 그 바람에 나는 믿었던 경주에게 제대로 발등을 찍히고 말았다. 경주가 떠오르자 절로 부아가 치밀었다. 뭐라고 한바탕 쏘아붙이고 싶었다. 그러나 꾹 참았다. 먼저 골을 내는 쪽이 진다. 이럴 때일수록 아무렇지 않게 보여야 한다. 나는 아주 차분한 말투로 대꾸했다.

"보고 싶으면 봐. 내가 홍정훈에게 봐도 된다고 했어. 그러니 걱정 말고 같이 가서 봐."

나는 넓은 아량을 여자애에게 듬뿍 보여주었다. 싱긋 웃고 잘 다녀오라고 어깨도 두드려줬다. 여자애는 뭘 어떻게 해야 할지 모르더니 나보다 먼저 나가 버렸다.

여자애를 보내고 난 뒤 나는 곧바로 홍정훈에게 문자를 보냈다.

'너 나한테 할 말 없어?'

조금 뒤 문자가 왔다.

'친구들과 농구^^! 급한 일 아니면 나중에~'

'진짜~ 할 말 없어?'

'모르겠는데… 갸우뚱?'

'농구하면서 생각해 봐'

'뭔 일인지 말해주면 안 돼?'

'농구하면서 생각해 보라니까'

'뿔났냐?'

'내가 뿔날 만한 일인지 아닌지도 생각해 봐'

거기서 문자를 끊었다.

혼자서 카페에 20여 분 동안 이런저런 생각을 하며 앉아 있다가 문자를 다시 보냈다.

'영화'

딱 두 글자였다. 농구를 하느라 당장은 못 보겠지만, 농구 끝나면 보라고 보낸 문자였다. 홍정훈은 눈치가 빨라서 '영화'란 두 글자만 보면 내가 말하는 바가 뭔지 다 알아채리라 생각했다.

한 시간쯤 흐른 뒤, 홍정훈에게서 전화가 왔다.

"어딨어?"

"학교 앞 카페."

"기다려. 갈게."

"내가 뭐 때문에 뿔났는지는 알지?"

"알아, 아는데, 네가 뭔가 잘못 아나 본데…… 만나서 얘기해."

"알았으니까 빨리 와."

홍정훈은 정말 빨리 왔다. 몸에서 땀 냄새가 났다. 땀 냄새 사이로 진한 샴푸 내음도 묻어났다. 농구가 끝나자 문자를 보고, 곧바로 전화를 한 뒤에 뛰어 온 모양이었다. 헐떡거리는 숨을 가라앉히지도 않은 채 홍정훈은 말하기 시작했다.

"내가 말이야~."

"숨이나 가라 앉혀. 음료수 시키고, 앉은 뒤에 말해."

홍정훈은 뭔가 말을 꺼내려다 삼키고는 마실거리를 한 잔 시키고 돌아왔다.

"내가 걔랑 몰래 사귀고, 양다리 걸치려는 줄 아나 본데⋯⋯ 그게~."

"누가 양다리 걸친대?"

나는 홍정훈이 하는 말을 잘랐다.

"그래? 그럼 내가 뭘 잘못했는지 모르겠는데?"

홍정훈은 바짝 나에게 다가오는 자세로 앉았다가 몸을 뒤로 젖혔다. 그 모습이 살짝 거슬렸다.

"오늘 걔랑 영화 보러 간다는 말, 왜 나한테 안 했어?"

홍정훈이 미국 사람처럼 두 손을 들었다 놨다.

"했잖아?"

"언제?"

"내가 걔랑 가도 되냐고 물었잖아. 네가 된다고 했고. 생각 안 나?"

"알아. 그렇지만 언제 간다고 말하진 않았잖아."

"그야 그렇지만, 같이 간다고 말했는데 굳이 또 말해야 돼?"

그때 차가 나와서 말을 잠깐 멈췄다.

"걔가 오늘 여기로 나를 끌고 온 뒤에, 밝히면 안 되는 큰일을 꺼내 놓듯이 말하더라. 오늘 저녁 때 너랑 영화 보러 간다고~. 제대로 꾸미지도 않고 다니던 애가 화장까지 한 채, 약간 달뜬 목소리로 말했어. 나 참 웃겨서! 그런데도 내가 아무렇지 않게 받아들여야 되니?"

"나 진짜 아무 짓도 안 했어."

홍정훈이 다시 바짝 몸을 당겼다.

"네가 뭔 짓을 했대?"

"그럼 왜? 네가 가도 된다고 해놓고는 이제 와서 그러면 나는 어쩌라고? 도대체 내가 뭔 잘못을 했다고 뿔이 나냐고, 뿔이."

홍정훈 목소리에 억울함이 진하게 묻어났다.

점점 부아가 치밀었지만 꾹 눌렀다.

"둘이 가까운 사이인데 멀어지지는 말라고 내가 영화 보러 가라고 했어. 그래도 오늘 간다고 나한테 말은 했어야지. 네가 여자애와 영화 보러 간다는 이야기를 걔한테 들어야 되겠어? 듣는 내내 기분 나빴어. 이런데도 내가 뿔나면 안 돼?"

"나야 네가 가도 된다고 했으니까 날짜까지는 말해주지 않아도 된다고 생각했지. 그리고 내 잘못이 아니잖아. 걔가 너한테 잘못했는데, 왜 나한테 뭐라 그러냐고?"

홍정훈 말에서 답답함이 잔뜩 묻어났다.

"너 옛날에, 맨날 껄떡거리던 그놈이, 나한테 친구니까 악수하자고 해놓고 내 손을 꼭 잡고 끌고 갈 때, 너 그때 엄청 뿔났잖아. 내 잘못은 하나도 없었는데도, '어떻게 했기에 저딴 놈이 집적거리냐'고 날 몰아붙였어. 나는 잘못도 안 했지만, 어쨌든 네가 뿔날 만하다고 생각해서 잘못했다고 빌고 또 빌었어. 난 그렇게 했는데, 넌 왜 그래? 끌려가듯이 한 일도 아니고, 남들이 보면 양다리 걸친다고 여겨질 만한 일을 벌였는데, 아니 그 여자애가 딴 마음 먹은 티를 팍팍 내는데, 내가 괜찮겠니?"

홍정훈은 아무 말이 없었다.

"이런 일을 겪었는데 내가 좀 뿔났다고 너한테 뭐라 그러면 안 돼? 그때 너는 실컷 화를 내놓고, 나는 그럼 안 돼? 네가 보여주는 모습은 '나는 되지만 너는 안 돼' 뭐 이런 뜻이니? 정말 넌 성깔 부려도 되고, 난 성깔 부리면 안 되니? 그래? 정말 그러냐고?"

나는 더욱 거칠게 몰아붙였다.

그때였다. 그때까지 어쩔 줄 몰라 하던 홍정훈이 짜증을 냈다.

"난 되고 넌 안 된다니, 내가 그렇게 나만 생각하는 사람이냐? 너 눈엔 내가 그런 사람으로만 보이냐?"

홍정훈이 내는 짜증을 접하니 애써 누르고 눌렀던 뚜껑이 열렸다. 있는 대로 성깔을 부리고 싶었지만 그 어떤 말도 하지 않았다. 나는 정말 부아가 치밀면 아무 말도 하지 않는다. 나는 말없이 홍정훈을 한참 노려봤다. 방귀 뀐 놈이 성낸다는 옛말이 딱 맞았다. 홍정훈은 제가 잘못을 했다는 생각을 안했다. 어쩌면 그럴 수도 있다. 서로 다르니까 다르게 받아들일 수도 있다. 그러나 나는 내가 성을 낼만한 일을 당했다고 생각했고, 그저 잘못했다는 말을 듣고 싶었을 뿐이었다. 홍정훈이 그 여자애랑 영화를 보러 가든 말든, 그 여자애가 달뜬 목소리로 이야기하든 말든 나는 괜찮았다. 내가 느끼는 서운한 마음을 다 알아주지 못해도 괜찮았다. 그러나 제 잘못은 티끌처럼 여기고, 남 말은 바위처럼 받아들이는 저 자세는 도저히 그대로 두고 볼 수 없었다.

나는 아무 말도 않고 카페를 나와 버렸다. 홍정훈이 불렀지만 대꾸도 안했다. 전화가 왔지만 안 받았다. 문자가 왔다는 소리가 쉼 없이 울렸지만 쳐다보지도 않았다. 밤에도, 새벽에도, 그다음 날 낮에도 마찬가지로 전화를 받지도, 문자를 보지도 않았다. 다음 날부터 방학이라 학교에 가지 않았기에 홍정훈을 볼 일도 없었다. 나는 홍정훈이 어떻게 하는지 두고 보려고 했다. 몹시 부아가 치밀었지만 헤어질 생각까지는 하지 않았다. 나흘을 그렇게 보냈다. 나흘째 되는 날 친한 친구가 집에 찾아왔다. 친구는 오자마자 내게 편지 한 통을 건넸다.

"뭐냐?"

"편지, 보면 모르냐?"

"아는데, 뭔 편지냐고?"

"너한테 편지 보낼 사람이 누구겠냐?"

물론 나도 알았다. 그 친구가 온다는 말을 들었을 때부터 홍정훈을 떠올렸다. 나랑 홍정훈 둘 다와 가까운 친구가 나한테 별일도 없는데 만나자고 했을 때부터 알아챘다. 나는 내 몸짓 하나, 말 하나까지 그 친구를 통해서 홍정훈 귀에 들어가리란 점을 생각하며 움직였다. 이런 편지는 생각하지도 않았다는 점을 보여주고 싶었다.

나는 더는 말을 않고 편지를 읽었다.

'내가 정말 잘못했어'

첫 문장은 마음에 들었다. 그리고 딱 거기까지만 마음에 들었다. 그 뒤에 이어진 글은 홍정훈이 무엇을 잘못했는지 조금도 알지 못함을 보여줄 뿐이었다.

네가 정말 성을 낼만한 일이라고는 생각지도 못했어. 나는 내가 너한테 그렇게 잘못을 했는지 몰랐어. 네가 이렇게까지 성을 내니까 나도 어떻게 해야 할지 모르겠어. 전화도 안 받고, 문자도 안 하고, 이러다 정말 헤어질 수도 있겠다는 생각을 하니까 가슴이 정말 미어지는 듯해. 나한테는 너밖에 없어. 내가 잘못했어. ……

나는 거기서 편지를 그만 읽었다. 그 뒤는 똑같은 말이 되풀이 될 뿐이었다. 홍정훈은 내가 성을 내고, 전화도 안 받고 문자도 안 하는 점이 겁났을 뿐이었다. 얼른 잘못을 빌고, 옛날로 돌아가려는 마음뿐이었다. 내가 왜 성을 내고, 무엇 때문에 서운한지는 눈곱만큼도 생각하지 않았다. 사과가 아니었다. 헤어질까 두려워 보내는 편지였을 뿐이었다. 또한 잘못했다고 하면서도 무엇을 잘못했는지 짚지 않고 두루뭉술하게 넘어간 점도 거슬렸다. 나를 살살 달래서 아무 일 없었던 듯이 옛날로 돌아가기만 바라는 홍정훈 생각이 편지 곳곳에서 묻어났다.

문자도 어떤 내용일지 뻔했다. 그럼에도 문자를 보기로 했다. 편지와 다른 점이 있는지, 내 마음을 알아주는지, 잘못을 제대로 깨달았는지 알고 싶었다. 문자 가운데 단 하나라도 내 마음을 움직인다면 골을 조금만 더 내는 척하다가 풀어주기로 했다. 편지를 내려놓은 뒤 그때까지 안 보던 문자를 한꺼번에 봤다. 처음부터 쭉 읽었는데, 내가 바라던 말은 단 한 마디도 나오지 않았다. 어쩌면 이렇게까지 내 마음을 모르는지, 어이가 없었다.

"홍정훈한테 말해 줘. 편지와 문자를 보기 전에는 며칠 동안 꼴 보기 싫기만 했는데, 편지랑 문자를 보고 나서는 둘 사이를 어떻게 해야 할지 깊이 따져봐야겠단 생각이 들었다고."

내가 차갑게 말하자 친구는 홍정훈이 쓴 편지도 읽어 보고, 문자도 읽어보면서 나를 한참 달랬다. 홍정훈이 이쯤 했으면 애 많이 썼고, 다른 남자라면 이렇게 하지도 않았으며, 지나치게 까다롭게 굴지 말라고 했다. 그러나 친구가 하는 말은 내 마음을 돌려놓지 못했다.

"야, 그래도 얼굴 보고 얘기는 해 봐야지. 이렇게 끝내려고?"

나도 그 말은 받아들였다. 헤어질 때 헤어지더라도 오랫동안 사귀던 사이를 끝내는데 그냥 문자나 전화로 툭 끊어버리고 싶지는 않았다.

"알았어. 홍정훈이 다시 전화하면 만날게."

"어휴, 내가 가운데 끼어서 뭔 꼴인지 모르겠다."

"애써 줘서 고마워."

"홍정훈은 꽤 괜찮은 애야, 너도 알잖아."

"알아. 좋은 친구지. 하지만 이번 일로 믿음이 깨졌어."

친구는 홍정훈을 만나서 내 말을 그대로 전해주겠다며 나갔다.

친구가 간 뒤에 이러저런 물음이 꼬리에 꼬리를 물고 떠올랐다. 물음이 떠오를 때마다 곰곰이 따져봤다.

'홍정훈이 그 여자애와 영화를 보러 가도 되냐고 말했을 때 안 된다고 말해야 했나?

'난 정말 홍정훈이 그 여자애와 영화를 보러 가도 괜찮았나?'

'그 여자애는 정말 홍정훈에게 마음이 있었나?'

'카페에서 내가 한 말이 홍정훈을 아프게 했나?'

'내가 홍정훈에게 지나치게 많이 바라나?'

'친구 말처럼 다른 남자들에 견주면 홍정훈이 할 만큼 했나?'

'사랑하면 이래야 한다는 내 믿음이 정말 올바른가?'

곰곰이 따져봤지만 무엇이 맞는지 갈피를 잡기 어려웠다. 머리가 뒤죽박죽이었다. 같이 지냈던 날들이 새록새록 떠올랐다. 내가 올무를 걸어서 끌어당긴 뒤에 사귄 사이였지만, 홍정훈은 내 생각보다 괜찮은 남자였다. 괜찮은 남자였기에 이번 일이 더 가슴 아팠다. 그럭저럭 보낼 때는 괜찮은 남자였지만, 내가 정말 힘들 때 힘이 되어 주지 못하고, 도리어 성을 내는 남자와 앞으로 잘 지낼 수 있을지 뚜렷한 믿음이 생기지 않았다. 홍정훈은 괴로울 때, 힘들 때, 내가 성을 낼 때 내 마음을 알아주는 남자가 아니었다. 그저 좋게 지내는 사이일 때만 괜찮은 남자 친구였다.

아무튼 제대로 말을 나누고 싶었다. 내 마음을 전하고 싶었고, 홍정훈이 지닌 진짜 마음이 어떤지 알고 싶었다. 친구 말대로 얼굴 보고 이야기를 나누고 싶었다. 며칠 못 봤더니 보고 싶기도 했다. 믿음이 많이 깨졌지만 어쨌든 우린 꽤 오래 사귄 사이니까.

한 시간쯤 뒤에 홍정훈에게서 전화가 왔다. 일이 꼬이려고 했는지 마침 그때 나는 오빠와 심하게 다투었다. 다투었다기보다는 오빠가 나를 몰아붙이며 성깔을 있는 대로 부렸다는 말이 더 맞았다. 오빠가 험한 말을 내게 쏟아 부었다. 미칠 듯이 성깔을 부리고 싶었지만 오빠 성깔은 나보다 한참 위였다. 나는 오빠를 이겨낼 수 없었다. 나는 답답하고 서러워서 펑펑 울었다. 오빠 앞에서도 울고, 이불을 뒤집어쓰고도 울었다. 그때 전화가 울렸지만 받고 싶지 않았다. 나중에 보니 홍정훈에게서 온 전화가 20여 통이었다.

밤에는 오빠에게 당한 슬픔이 다 빠지지 않아서 전화를 걸고 싶지 않았다. 그다음 날, 아침을 먹고 마음을 추스른 뒤에야 홍정훈에게 전화를 걸었다. 받지 않았다. 여러 번 걸었다. 마찬가지로 받지 않았다. 문자도 보냈다. 만나서 이야기하고 싶으니까 내 문자를 보면 곧바로 전화하라고 했다. 그날이 다 지나가도록 아무런 대꾸가 없었다.

나는 홍정훈이 삐졌다고 생각했다. 어제 전화를 하라고 친구를 통해서 말해놓고 받지 않으니 내가 놀린다고 여길지도 몰랐다. 내 마음이 아예 돌아섰다고 여길 수도 있었다. 홍정훈이 엉뚱한 생각을 하지 않도록 그럴 만한 일이 있었다고 문자를 남겼다. 이틀이 지나고 사흘이 되어도 문자는 오지 않았다. 애타게 기다렸지만 오지 않았다.

나흘째 되는 날, 엄마는 나와 오빠 사이에 도는 차가움을 풀어 주겠다며 오랫동안 계획해 온 해외여행을 추진하셨다. 나는 가기 싫었지만 엄마가 밀어붙이는 바람에 하는 수 없이 가기로 했다. 아침 일찍 가야 하는데 늦게 일어나고 말았다. 홍정훈에게서 올지도 모를 전화를 기다리다가 밤늦게 잠든 탓이었다. 부랴부랴 짐을 싸고 서두르다 깜박하고 스마트폰을 놓고 나섰다. 공항에 거의 다 간 뒤에야 스마트폰을 놓고 왔음을 알았기에 어떻게 해 볼 수가 없었다.

나는 엄마, 오빠와 함께 나흘을 태평양 한 가운데에 있는 섬에서 보냈다. 서먹하던 오빠와 마음도 풀고 우린 모처럼 가족답게 보냈다. 다만 마음 한구석에 홍정훈이 내내 걸렸다. 안타깝기도 하고, 보고 싶기도 하고, 헤어져 버릴까 하는 마음도 들었다. 또다시 머리가 뒤죽박죽 엉켰다. 전화를 걸어볼까 했지만 엄마와 오빠가 같이 있어서 그러기도 쉽지 않았다. 내 남자 친구 이야기를 엄마 오빠가 시시콜콜 알게 하고 싶지도 않았다.

나흘을 태평양 한가운데서 보내고 난 뒤에 스마트폰을 보니 홍정훈이 내가 떠난 첫날에 건 전화 두 통과 문자 두 꼭지가 나를 기다렸다. 문자는 별 다른 내용이 아니었다. '전화 줘', '기다릴게'가 다였다. 내가 애타게 전화를 기다리던 사흘 동안 왜 전화도 안 하고, 문자도 안 했는지는 알 수 없었다. 전화를 걸어서 만나자고 해볼까 했지만 마음이 움직이지 않았다. 그때 나는 내 마음이 차갑게 식었음을 느꼈다.

내 마음이 식은 까닭은 꼭 일이 꼬여서는 아니었다. 전화와 문자를 주고받지는 않았으나, 홍정훈이 나와 다시 잘 지내고 싶은 마음은 넉넉하게 다가왔다. 그러나 내 아픔을 쓰다듬어주려는 마음은 다가오지 않았다. 그저 옛날처럼 웃고 지내는 사이로 돌아가길 바라는 홍정훈밖에 보이지 않았다. 나는 홍정훈이 내 마음을 다 알아주길 바라지는 않는다. 나는 그렇게 나만 생각하는 깍쟁이가 아니다.

나는 단지 여자 친구가 왜 그렇게 골이 났는지 알려고 애쓰는 홍정훈, 여자 친구 속내를 헤아리고 살피려는 어설픈 몸짓이라도 보여주는 홍정훈을 바랐을 뿐이다. 홍정훈이 숱하게 잘못했다고 말하고, 사랑한다고 말하고, 보고 싶다고 말했지만 그 말들 사이에 나는 없었다. 힘들고, 괴로워하고, 속상하고, 서글프고, 애타하는 나는 없었다. 내가 겪는 아픔과 사랑하는 사람이 겪는 아픔이 함께 떠오를 때, 내가 그 사람을 참으로 사랑한다면 내 아픔보다 그 사람의 아픔이 앞서야 한다. 적어도 나는 그랬다. 어설프게 사랑했지만, 거룩한 사랑 따위 해본 적도 없지만, 숱하게 헤어지고 아프고 괴로워하는 사랑밖에 못해봤지만, 나는 늘 나보다 그 사람이 먼저였다. 내 아픔보다 그 사람의 아픔을 더 크게 봤다. 나는 사랑한다면 그래야 한다고 믿는다.

저녁 때 친구에게서 전화가 왔다. 친구려니 하고 받았는데 홍정훈이었다.

"오랜만이네."

나는 애써 부드러운 목소리를 지어냈다.

나는 왜 전화를 안 받았으며, 못 받았는지 홍정훈에게 알려주었다. 처음엔 일부러 안 받았지만 나중에는 일이 꼬였음을 밝혔다. 홍정훈도 사흘 동안 산골에 끌려갔다가 왔다고 말했다. 아빠가 막무가내로 홍정훈을 시골 어딘가 수련회에 보내버린 모양이었다. 휴대전화도 못 쓰고, 일반전화도 막아버려서 어떻게 할 수가 없었다는 이야기였다. 나는 그 말을 그대로 믿었다. 홍정훈은 이런 일에 거짓말을 늘어놓을 애는 아니었다.

홍정훈은 거듭 잘못했다고 말하며 다시 만나자고 했다. 아마 눈앞에 있었다면 무릎을 꿇고 싹싹 비는 시늉이라도 할 듯했다. 그런데도 내 마음은 풀어지지 않았다.

"너는 우리가 옛날로 돌아가기만 하면 된다고 믿니? 그냥 아무 일 없던 때로, 그냥 서로 잘 지내던 때로 돌아가면 된다고 생각해? 내가 그만 성깔 부리고 너와 헤헤거리며 놀면 다 괜찮아진다고 생각해?"

"……?"

"아니야. 나는 그럴 수가 없어. 네가 잘못했다는 말, 진짜라고 믿어. 너는 정말 잘못했다고 생각하겠지. 네가 하는 말이 거짓이 아니라고 믿어. 너는 참말만 해. 터놓고 말해서 네가 늘 참말만 해서 더 가슴이 아파. 너는 참말만 하는데, 그 참말 사이에 내 아픔이 없으니까. 너는 나와 다시 좋은 사이로 지내기를 바랄 뿐이야."

"……!"

"네 마음엔 내가 없어. 만나지 못하고 지내는 동안 너는 네 생각만 했어. 네가 애타는 마음은 잘 알겠어. 나를 그리워하는 마음도 잘 알겠고. 그렇지만 그 마음에 나는 없었어. 내 마음을 헤아리려고 애쓰는 네 모습이 보이지 않았어."

"무슨 말이야. 나는 너를 사랑해. 좋아한다고."

홍정훈이 나를 이해할 수 없다는 듯, 그러나 애처롭게 말했다.

나는 전화기를 귀에 댄 채로 고개를 저었다. 홍정훈이 볼 수 없는 몸짓이었지만, 내 몸이 하려는 말은 홍정훈에게 그대로 전해지리라 믿었다.

"너는 네 느낌만 사랑했어. 너는 네 아픔만 돌봤어. 그 어디에도 나는 없었어."

"앞으로는 안 그럴게. 널 먼저 생각할게."

홍정훈은 나를 붙잡으려고 몸부림쳤다.

가슴이 아팠다. 그냥 여기서 그만 멈추고 홍정훈과 다시 사귈까 잠깐 마음이 흔들렸지만, 이내 고개를 저었다. 홍정훈은 좋은 애다. 그러나 나보다 남을 더 걱정하고 챙겨주려는 마음은 일부러 지어내려 한다고 생기지 않는다. 홍정훈은 그런 마음이 저도 모르게 일어나는 여자를 만나야 한다. 홍정훈은 나보다 훨씬 좋은 여자를 만나야 하고, 그런 좋은 여자를 만날 만큼 착하고 멋진 애였다. 그런 여자를 만나야 저절로 저보다 그 여자를 먼저 생각하고 챙겨주는 진짜 사랑을 하게 되리라 믿었다.

"아니야. 일부러 그러지 마. 그런 마음은 일부러 지어낸다고 해서 생기는 게 아니야. 참마음이 있어야만 나도 모르게 튀어나와. 터놓고 말해서 나도 널 그리 많이 생각하지 않았어. 내가 널 정말 사랑했다면 나도 내 생각보다 네 생각을 다 많이 했겠지. 그런데 그렇지 않더라. 나도 내 생각만 했어. 너는 참 좋은 친구야. 안타깝지만, 나도 너를 마음 깊이 사랑하지는 않나 봐."

"다미야!"

"내 생각은 다 이야기 했어. 이제 그만 만나자."

전화를 끊었다.

다시 전화가 오지는 않았다. 문자도 안 왔다. 홍정훈이 내 말을 제대로 알아듣기를 바랐지만, 잘못 알아들어도 할 수 없었다. 그날 밤, 나는 뜬 눈으로 밤을 지새웠다. 도대체 사랑이 뭘까 생각하고, 또 생각했지만 열여덟 살에 사랑이 뭔지 제대로 알 수는 없었다. 다만 나보다 그 사람이 더 걱정스럽고, 내 아픔보다 그 사람 아픔을 더 크게 느끼는 마음, 그런 마음이 사랑에 가까우리라는 생각은 점점 뚜렷해졌다. 홍정훈에게 던진 말은 나 스스로 새겨들어야 할 말이었다. 사랑은 남자를 올무에 걸어 끌어당기는 재주 따위가 아니었다. 그런 재주가 남자와 사귀는 데 도움은 되겠지만, 진짜 사랑이 아니라는 점은 홍정훈과 사귀고 헤어지면서 뼈저리게 배웠다.

나중에 친구 말을 들었는데, 홍정훈이 나와 헤어지고 보름쯤 미친놈처럼 지냈다고 한다. 나는 사나흘쯤 힘들어하고 맑은 기운을 되찾았는데 말이다. 홍정훈이 나보다 더 많이 힘들고 괴로워했다니 마음이 안쓰러웠다. 어쩌면 내가 홍정훈에게 던진 말은 홍정훈이 나에게 던져야 했던 말인지도 모르겠다. 홍정훈이 나를 사랑하는 만큼, 내가 홍정훈을 사랑했다면 우린 헤어지지 않고 아직도 사귀고 있을지도 모른다.

'그래, 헤어지길 잘했어. 너에겐 더 좋은 여자 친구가 생길 거야. 너는 멋진 남자니까'

어느 때 같으면 옛사랑과 얽혔던 일들이나 느낌을 무쇠상자에 가둬서 동굴 아래 낭떠러지로 던져버렸을 텐데, 홍정훈과 헤어진 뒤에는 그런 생각 버리기를 하지 않았다. 홍정훈은 얼룩이 아니었기 때문이다. 내 삶에서 처음으로 사랑이 얼룩이 아니라 책갈피에 남은 단풍잎 같은 애틋함으로 남았다. 헤어진 사랑도 때로는 아름 답게 간직할 수 있음을 그때 처음으로 알았다.

나름 연애 전문가

: 18살 무지개빛 사랑에 물든 **친구들**

내가 한참 홍정훈과 사귈 때 나는 친구들 사이에서 나름 연애 전문가로 통했다. 홍정훈과 사이도 좋았고, 둘이 늘 밝게 어울리며 지냈기에 부러워하는 애들이 많았다. 양쪽 부모님들도 다 아셨는데 뭐라고 딱히 말씀이 없을 만큼, 우리는 어른들도 좋아하는 짝이었다. 그렇게 가볍고 밝은 연애는 처음 해봤기에 상당히 뿌듯했고, 홍정훈이 참 마음에 들었다. 헤어지긴 했지만 홍정훈은 놓치기 아까운 남자였다.

아무튼 나를 부러워하던 친구들은 나에게 어떻게 하면 연애를 잘하는지 많이 물어 왔고, 나는 내가 아는 재주를 밑바닥까지 끌어내어 친구들이 좋아하는 사람과 사귈 수 있도록 도왔다. 내 덕분에 몇몇이 짝으로 맺어졌고 대체로 잘됐다. 헤어질 뻔한 사이를 되돌려 놓기도 했다. 내가 나름 연애 전문가로 도움을 준 이야기를 몇 가지 꼽아보겠다.

1.

잘 먹기만 하면 기뻐하던 지민이가 동아리 모임이 있던 날 얼굴이 벌겋게 달아올라서 내게 왔다. 지민이는 나를 구석진 곳으로 끌고 가더니 동아리 첫 모임에서 마음에 드는 남자를 보았다고 털어놓았다.

"그렇게 멋진 남자가 어디에 숨었다가 이제야 튀어나왔는지 몰라."

시민이는 그 남자가 얼마나 멋진지 한참 쏟아냈다.

"전화번호는 받았어?"

내가 물었다.

"처음 보는데 어떻게 전화번호를 바로 달라고 하냐?"

"으이그. 맛난 먹을거리 처음 보았다고 안 먹을래?"

"먹을거리야 그냥 바로 먹지. 하지만 그 남자는 먹을거리가 아니라고."

나는 지민이에게 남자에게 전화번호를 받아내는 쉬우면서도 서로 가까워지는 길을 일러주었다.

"다음 모임에 가면 좋아하는 남자애한테 가서 '전화 안 들고 와서 그러는데 손에 번호 써달라'고 해."

"뭐? 진짜? 그래도 될까?"

"살과 살이 닿아야 무언가 찌릿찌릿한 느낌이 오가지. 한번 해
봐."

다음 동아리 모임에서 지민이는 내가 시키는 대로 했고, 손바닥
에 전화번호를 받아 왔다.

"내 손을 잡아주는데, 전기가 흐르는 줄. 큭큭큭!"

"선뜻 써 주던?"

"응, 써주면서 웃던데?"

"느낌이 좋네. 번호를 받았으니까 자꾸 가깝게 있어. 알았지?"

지민이는 남자애와 동아리 모임 때마다 가깝게 앉았고, 죽이 잘
맞아서 지냈다. 그러나 더 가까운 사이로 올라설 낌새는 보이지
않았다. 지민이 말을 들어보면 남자애도 지민이가 좋긴 하지만 가
까이 다가오려고 애쓰지는 않는 듯했다.

"오지 않으면 끌어당겨야지."

나는 지민이에게 자꾸 몸 가까이 남자애를 끌어당기라고 했다.
몸은 거짓말을 못한다. 말은 아니라고 해도 몸이 가까워지면 좋
아하는 마음을 숨기지 못한다. 싫어하거나, 마음이 없는 사람은
몸을 가까이 해 보면 안다. 손을 잡거나 팔짱만 껴 봐도 어떤지 느
낌이 온다. 싫지 않다면 몸이 가까워지면 마음도 가까워지기 마련

이다. 물론 몸을 지나치게 앞세우면 안 된다. 닿을 듯 말 듯 아슬 아슬할 때 자석에 철이 끌려오듯 남자는 여자에게 끌어당겨진다.

지민이는 내가 시키는 대로 했다. 동아리 모임을 하다가 살짝 조는 척하며 어깨에 기대고, 재미나는 이야기를 할 때 팔뚝을 툭툭 치고, 어쩌다 손이 스치면 보드랍게 쓰다듬기도 했다. 살짝 떨어져 앉을 때는 지그시 바라보다가 눈길이 마주치면 빙긋 웃어준 뒤에 다른 데를 쳐다보라고 했다. 둘이 사귀게 됐냐고? 물어보나 마나다. 남자애는 한 달도 되지 않아 지민이에게 사귀자고 말했고, 지민이는 바로 그 자리에서 팔짱을 끼었다고 한다. 내 도움을 받아서 맺어진 뒤에 지민이는 내게 넉넉하고 맛있는 저녁밥을 샀다.

2.

윤지는 키도 크고 예쁘고 공부도 잘하고 상냥하다. 무엇하나 빠지지 않다 보니 이 남자 저 남자가 윤지에게 다가왔지만, 아무도 윤지 마음을 얻지 못했다. 그렇게 착실하게 공부만 하던 윤지가 고2 때 푹 빠진 남자가 나타났다. 전교 부회장인데 괜찮은 남자였다. 하지만 윤지가 왜 좋아하는지는 알 수 없었다. 윤지 키가 168cm인데 남자는 윤지보다 살짝 커 보일 뿐이었고, 언뜻 보면 엇비슷해 보였다. 나는 늘려 잡아 160이지만 남자 키가 커야 마음에

든다. 홍정훈은 내가 바라던 키가 아니어도 사귀었지만, 아무튼 난 큰 키가 좋다.

그때까지 윤지는 남자를 사귄 적이 없었다. 지민이는 좋아하는 남자가 나타나자마자 내게 달려 왔지만, 윤지는 한참 지난 뒤에 나에게 도와달라고 말했다.

"좋아하게 된 지는 한참이 지났는데, 아직 말 한마디 나누지 못했어."

"정말 말 한 번 안 섞었어?"

"응!"

"왜?"

"그냥, 떨려서!"

"아휴, 네가 왕자님을 사랑하는 시녀냐? 쳐다만 보게."

아무리 다그쳐도 윤지는 달라지지 않았다. 지민이는 길만 알려 주면 제 힘으로 사랑을 얻을 힘이 있었지만, 윤지는 그러지 못했다. 윤지는 하나하나 다 챙겨주어야 했다.

하는 수 없이 내가 먼저 부학생회장과 가까워졌다. 부학생회장과 가까워지기는 쉬웠다. 그 아이는 생각보다 사람을 가리지 않았고 마음도 꽤 넓었다. 윤지가 무엇 때문에 끌리는지 얼추 엿보였다. 부학생회장과 스스럼없는 사이가 된 뒤에 부드럽게 윤지를 끌어들여 둘이 가깝게 지내게 만들었다. 전화번호도 나누게 했고,

문자도 몇 번 주고받는 사이까지 끌고 갔다. 그러나 더는 나아가지 못했다. 옆에서 밀어주는 힘으로는 더 가까워지기 어려웠다. 내가 보기에 부학생회장도 윤지를 싫어하는 눈치는 아니었다. 윤지를 싫어할 남자는 그리 많지 않다.

나는 윤지에게 부학생회장을 끌어당기는 여러 가지 방법을 일러주고, 내 앞에서 연습까지 시켰지만, 윤지는 단단히 마음먹고 가서도 끝내 시키는 대로 못했다.

"지민인 그냥 말만 해줘도 됐는데. 휴~!"

"앞에만 가면 떨려서 못하겠어."

"할 수 없지 뭐. 그럼 곧바로 찔러야지."

"곧바로 찌르다니?"

"나나 지민이는 남자를 끌어당기려면 없는 재주까지 다 쥐어짜야 하지만 너야 남자들이 사귀지 못해 안달이잖아. 그러니 곧바로 찔러보자."

"그래도 될까?"

"망설인다고 뭐 길이 생기지도 않잖아."

윤지는 걱정하면서도 다른 길이 없었기에 내 말을 따르기로 했다. 좋아한다고 아무 곳, 아무 때에, 막무가내로 달려들면 안 된다. 첫 만남은 달달하고 짜릿해야 한다. 사랑은 느낌이 먼저다. 느낌이 살아있는 때에, 멋진 곳에서, 알맞은 방법으로, 잽싸게 남자

마음을 훔쳐야 한다.

언제 어디서 어떻게 다가갈까 살피는데 뜻밖에도 좋은 때가 금방 왔다. 학생회 수련회 때였다. 나도 별 볼일 없는 감투지만 반에서 맡은 일이 있었던 터라 윤지와 같이 갔다. 모둠끼리 나눠서 장기자랑을 하는데 윤지가 춤을 추는 모둠에 속했다. 춤추기를 꺼려하던 윤지였는데, 부학생회장이 본다면서 땀을 뻘뻘 흘리면서까지 춤을 익혔다. 내가 보기에 윤지는 춤을 추는 재주는 별로였지만, 워낙 몸매가 예뻐서 그냥 움직이기만 해도 맵시가 살아났다. 부러운 몸매였다. 아무튼 그때 부학생회장이 춤을 추고 내려오는 윤지에게 와서 이렇게 말했다.

"춤도 잘 추는 줄 몰랐네."

윤지 바로 옆에 있었기에 나도 그 말을 똑바로 들었다. 나는 재빨리 윤지를 따로 불렀다.

"이때야."

"뭐가?"

윤지는 멀뚱멀뚱 나를 봤다.

"부학생회장이 너한테 춤 잘 춘다고 했잖아."

"그랬지. 그런데 왜?"

"어휴 답답해. 바로 이때 찔러야지 언제 찌를래? 남자가 너에게 좋은 마음을 드러냈잖아. 일부러 와서 너에게 춤 잘 춘다고 환하게 웃으며 말했어. 남자는 마음이 없으면 결코 그런 말 안 해. 더구나 내가 본 부학생회장은 허투루 말할 애가 아니야. 내가 보기에 너 춤을 보면서 부학생회장 마음이 흔들렸어. 그러니 이런 때 끌어당겨야지. 이때를 놓치면 느낌이 흐릿해지고, 그러면 기회가 언제 다시 올지 모르잖아."

윤지는 끝까지 머뭇거렸지만 내가 밀어붙였다. 나는 윤지 스마트폰을 뺏어서 문자를 보냈다. 멋진 말을 하거나, 빙글빙글 돌리지 않았다. 그렇게 돌려 말하면 어떤 일이 벌어지는지는 수족관 사장님이던 송대현에게서 제대로 배웠기 때문이다. 답은 곧바로 왔다. 어떻게 됐냐고? 두 말하면 잔소리다. 부학생회장은 그날 윤지 남자 친구가 되었고, 수능이 끝난 뒤에도 헤어지지 않고 사귄다. 수능 끝나고 가까운 여자애들끼리 만났는데 그때도 윤지는 쉼 없이 남자 친구랑 문자를 주고받았다. 언뜻 봤는데 보고 싶다는 둥, 사랑한다는 둥 하는 말들과 함께 빨간색 하트가 날아다녔다. 둘을 이어준 나는 그 덕에 윤지한테 틈만 나면 고맙다는 소리를 들었고, 종종 비싼 먹을거리를 얻어먹었다.

3.

주로 맺어주기를 하지만 가끔은 깨질 뻔한 애들을 다시 이어주기도 했다. 윤호는 여자 친구랑 크게 싸웠다. 윤호가 시험이 끝나고 모처럼 게임에 푹 빠졌는데, 여자 친구가 아무리 전화를 해도 안 되었나 보다. 한두 시간도 아니고 대여섯 시간이나 전화가 안 되자 여자 친구가 성이 났고, 그런 여자 친구가 마음에 안 들었던 윤호도 같이 맞받아치면서 둘이 엄청 크게 싸우고 말았다. 싸우고 난 뒤에 여자 친구는 단단히 삐졌고, 윤호는 뒤늦게 잘못을 빌려고 했지만 어떻게 할지 몰라 괴로워했다.

"정말 잘못했다고 생각하는데, 어떻게 말해야 될지 모르겠어. 잘못했다는 말을 잘못하면 더 큰일이잖아. 제대로 잘못을 빌고 싶은데 어떻게 하면 좋냐? 응, 다미야, 나 좀 도와주라. 나 미치겠다."

윤호에게서 참마음이 느껴졌다.

"네 여자 친구는 네가 걱정스러웠어. 그 걱정을 알아줘. 벌어진 일만 보면 네 말이 맞을지도 몰라. 그렇지만 벌어진 일을 따져봐야 아무 도움이 안 돼. 네 여자 친구는 널 걱정했고, 그 걱정을 네가 몰라줘서 골이 났어. 널 걱정해서 조금 세게 얘기했는데 네가 맞받아치니 서운했고."

"말이 그렇게 되나? 되게 어렵네."

"어려워도 여자 마음을 알려고 해 봐. 그러니까 이렇게 말해. '네가 날 그렇게 걱정했는데 내가 몰라줬어. 넌 내 걱정하느라 그랬는데 내가 몰라줘서 서운했지? 내가 잘못했어. 그리고 내 걱정해줘서 고마워. 네가 나보다 나를 더 걱정해주니 사랑받는 느낌이 들어서 정말 기뻐' 알아들었니?"

윤호는 처음엔 손가락이 오그라드는 말은 못하겠다며 뒤로 뺐다. "헤어질래? 헤어지고 싶으면 하지 마."

내가 새침하게 말한 뒤에야 윤호는 내가 시키는 대로 따라했다. 몇 번이나 되풀이해서 연습을 시켰다. 윤호는 내가 하라는 대로 여자 친구에게 말했다. 그다음 날 학교에서 둘을 봤는데, 마치 한 번도 다투지 않은 사이처럼 환한 얼굴로 딱 붙어 다녔다. 싸우기 전보다 더 가까워진 듯 보였다.

윤호에게 하라고 시켰던 말은 홍정훈이 나에게 해주기를 바란 말이었다. 안타깝게도 홍정훈은 내게 그런 말을 하지 않았고, 그래서 우린 헤어졌다. 내가 홍정훈에게서 듣고 싶은 말은 많은 여자들이 남자 친구에게서 듣고 싶은 말이기도 하다. 홍정훈과 뼈아픈 일을 겪고 난 뒤였기에 윤호에게 알맞은 도움을 줄 수 있었다. 윤호가 여자 친구와 잘 지내는 모습을 보니 한편으론 기쁘면서도 한편으론 쓸쓸했다.

4.

나는 대게 서로를 이어주고 깨지지 못하게 하는 노릇을 많이 했지만, 꼭 붙어 다니는 짝을 깨버리고 싶은 마음이 불끈불끈 치솟을 때도 있었다. 가장 꼴 보기 싫은 짝이 남들에게 뽐내는 애들이다. 괜히 남들 보는 데서 사랑하는 척하고, 눈꼴 시린 짓을 벌이는 짝은 정말 싫다. 그런 애들은 속 알맹이가 없다. 겉으로만 그럴 듯하게 보이는 사랑에 빠지면 속으로 썩어 들어간다. 둘레에 있는 사람들에게도 나쁜 기운을 퍼트린다.

내가 맺어준 애들 가운데 싫어하는 짓만 골라하는 짝이 있다. 여기에 이름을 밝힐 수는 없으므로 가짜 이름을 쓰겠다. 남자는 '남주', 여자는 '여주'라고 부르겠다. 남주와 여주는 학교 안에서도 대놓고 서로 사귀는 사이임을 드러낸다. 학교 안인데도 여주가 남주 무릎에 앉아서 귓속말을 나누기도 한다. 선생님이 야단을 치면 '제가 선생님 남편하고 헤어지라고 하면 헤어지시겠냐'고 하면서 대들기까지 한다. 어떤 애들은 둘이 교실에서 뽀뽀하는 모습도 봤다고 한다. 이러니 아무도 둘을 말리지 못했다. 둘이 노는 꼴을 볼 때마다 내가 저런 꼴을 보려고 둘을 이어주었나 싶었다. 친구만 아니라면 드라마에 나오는 못된 사람처럼 둘을 속여서라도 깨버리고 싶었다.

처음에는 남주만 여주를 좋아했다. 여주는 남주에게 별 마음이 없었다. 싫어하지는 않았지만 사귀고 싶은 마음은 없었다. 남주는 여러 번 여주에게 다가갔지만 그럴 때마다 부드럽게 차이고 말았다. 남주가 내게 도와달라고 했고, 한참 홍정훈과 즐겁게 알콩달콩 보내던 때라 두말 않고 도와주었다. 남주와 여주는 문자도 주고받는 사이였기에 도움을 주기는 쉬웠다. 남주가 여주에게 문자를 보낼 때는 늘 나한테 물어보았다. 나는 여주가 좋아할 만한 말들, 여주 마음을 움직일 만한 말들을 골라서 남주에게 알려주었다. 내가 아는 애들을 통해 여주가 어떤 애인지 속속들이 알았기에 여주 됨됨이에 맞춰서 남주를 이끌 수 있었다. 내 도움 덕분에 친구지만 사귀고 싶은 마음은 없었던 여주는 조금씩 남주에게 마음을 열어갔다.

그러다가 국제교류대회 때문에 남주가 일본으로 일주일 동안 갈 일이 생겼다. 나는 그때를 노렸다. 늘 보던 남자, 늘 가까이서 바라봐 주던 남자가 일주일 동안 멀리 사라지면 여자는 빈틈을 보인다. 싫어한다면 모를까 조금씩 벽이 허물어질 때에는 보고픈 마음이 꽤나 세게 일어나게 마련이고, 바로 그 점을 파고들기로 했다. 나는 여주 마음을 훔치는 방법을 꼼꼼하게 남주에게 알려주고 몇 번이나 연습까지 시켰다. 남주는 내가 시키는 대로 했다.

남주는 일본으로 가기에 앞서 여주에게 사귀자고 말했다.

"나 정말 너를 좋아해. 너랑 사귀고 싶어."

옛날에는 이러면 여주가 바로 밀어냈고, 그러면 남주는 밀려났다. 나는 여주가 밀어낼 틈을 주지 못하게 하라고 시켰다.

"곧바로 말해주진 말아줘. 내가 일본에 가 있는 동안 내 생각을 해 줘. 내가 떠나 있는 동안에 내가 생각나면 그때 나를 어떻게 생각하는지 말해주고, 그렇지 않으면 깨끗하게 안 된다고 말해 줘. 그러면 그때는 더는 너한테 사귀자는 말 안할게."

그러고는 일본으로 가버렸다. 일본으로 간 뒤에 남주는 여주를 생각하면서 날마다 예쁜 공책에 글을 썼다. 그날 있었던 일도 쓰고, 멀리 일본에서 여주를 떠올리며 들었던 생각과 느낌도 글로 풀었다. 물론 내가 시킨 일이다. 나는 일본에 있는 남주랑 문자를 주고받으며 여주가 읽으면 기쁠 말들을 골라주었다.

돌아오는 날, 남주는 여주에게 찾아갔다. 여주는 그때 학원에 있었다. 남주는 여주에게 공책을 주었다.

"나와 사귀지 않아도 좋아. 그렇지만 이 공책은 받아 줘. 내가 널 생각하며 일주일 동안 글을 썼으니까 꼭 읽어 줘."

그러고는 여주가 말할 틈도 주지 않고 곧바로 자리를 떴다. 30분이 지나지 않아 여주는 남주에게 전화를 걸었고, 둘은 바로 연인이 되었다.

내가 도와서 사귀게 된 남주와 여주는 앞서 말했듯이 눈꼴 시린 짝이 되었다. 도대체 뭐가 둘을 그렇게 불타오르게 만들었는지 모르지만 둘은 이미 결혼한 사이처럼 꼴사납게 굴었다. 되돌리고 싶었지만 이미 엎질러진 물이었다.

＊ ＊ ＊

여러 짝을 맺어주면서 남자가 여자 마음을 얻기는 힘들지만, 여자가 남자를 옭아매기는 그리 어렵지 않음을 알았다. 여자가 남자를 잡으려고 마음먹으면 얼굴이나 됨됨이가 크게 나쁘지 않는 한 일주일이면 된다. 왜냐하면 남자들은 생각이 얕고 어수룩하기 때문이다. 많은 여자들이 남자가 한 말을 바탕으로 남자 속마음을 헤아리려고 골을 싸매는데, 내가 겪은 바로는 그럴 까닭이 하나도 없다.

예를 들어 보자. 여자가 문자로 '너 뭐해?' 하고 물었을 때, 남자가 '게임 해' 하고 대꾸하면 여자들은 이런저런 생각을 참 많이 한다.

'게임이 나보다 더 좋을까?'

'나에게 문자 날릴 시간도 없다니 내가 싫어졌을까?'

'더는 나를 사랑하지 않을까?'

'……?'

이렇게 저렇게 머리를 굴리며 '게임 해'란 말 속에 숨은 남자 마음을 헤아리려고 어쩔 줄 몰라 하는데 그러지 않아도 된다. 내가 겪어본 바로는 남자들이 '게임 해'라고 문자를 보냈을 때는 그냥 그 말이 다다. 남자는 느낌을 드러내는 낱말을 고를 줄 모른다. 그냥 있는 그대로를 드러내는 낱말을 골라 쓸 뿐이다. 남자가 하는 말에선 숨은 뜻을 찾지 않아도 된다. 남자들은 여자들과 달리 속마음이 얽히고설켜 있지 않다. 그러니 겉으로 드러난 남자 얼굴이나 말, 몸짓을 읽어내서 거기에 맞춰 남자가 좋아할 만한 올무를 만들어 던지면 남자는 거의 다 걸려든다.

그러나 여자는 어렵다. 나도 여자지만 여자 마음은 정말 모르겠다. 겉으로 드러난 얼굴, 겉으로 드러난 말, 겉으로 드러난 됨됨이가 진짜가 아니다. 여자는 속을 알려면 겹겹이 쌓인 껍질을 벗기고 또 벗겨야 한다. 여자는 물이랑 엇비슷하다. 물은 제 모습을 끊임없이 바꾼다. 여자도 그렇다. 어제 마음이 오늘 마음과 다르고, 얼굴 볼 때 마음과 얼굴 안 볼 때 마음이 다르다. 그래서 껍질을 까고 까도 또 나오는 양파껍질처럼 그 속을 헤아리기 어렵다. 그래서 겉으로 드러난 말이나 얼굴빛만 보고 다가갔다가는 엇나가 버리기 쉽다.

옛날에 나는 좋아하는 남자가 생겨도 어떻게 해야 할지 몰랐다. 그러나 열여덟이 된 뒤에는 좋아하는 남자가 생기면 짧으면 일주일, 길어봐야 열흘이면 내 남자로 만들 수 있다는 자신감이 생겼다. 홍정훈과 사귀고 다른 애들 연애도 도와주면서 나는 많이 달라졌다. 홍정훈과 사귀고 헤어질 때, 나는 옛날과 뚜렷이 달랐다. 잘 사귀었고, 가슴이 아프긴 했지만 좋게 헤어졌다. 아직까지 홍정훈과는 허물없이 지낼 만큼 좋은 사이다. 나는 더는 사랑을 어렵게 여기지 않게 되었고, 홍정훈을 사귀기 전까지 겪었던 아픔과 얼룩도 흐릿해져갔다. 홍정훈은 내 삶에 드리운 검은 그림자를 지워주었다. 그런 점에서 홍정훈은 내게 참 고마운 남자였다.

다른 애들 연애를 도와주면서 다른 사람 마음을 살피고, 남자와 여자가 어떻게 다른지도 알게 되고, 사람 마음을 얻으려면 어떻게 해야 하는지도 배웠다. 처음엔 인터넷에서 본 글이나 내가 겪거나 생각한 바를 바탕으로 했지만, 도움을 주면서 진짜 사람 사귀는 이야기와 느낌을 알게 됐다. 크고 싶은 몸 키는 크지 않았지만 마음 키는 많이 컸다. 사랑은 내 속사람을 부쩍 자라게 했다.

나도 몰랐던 나

: 18살 나를 비추는 거울 **현우**

틈만 나면 인터넷 소설을 읽고 나름 인터넷 소설을 많이 쓰기도 했던 나는 2학년 2학기가 되자마자 소설 쓰는 동아리를 만들었다. 우리끼리 쓴 소설을 모아서 책을 엮으려고 만든 동아리였다. 인터넷 소설을 좋아하는 애들이 많았는지 많은 애들이 동아리를 하겠다고 모였다. 첫째 모임에 무려 스무 명이 모였다. 1학년들도 많이 왔는데 모르는 애들이 많았다. 아무튼 첫날은 서로 얼굴과 이름을 익히고 다음 모임 때까지 무얼 할지 정한 뒤에 헤어졌다.

그 다음 주, 동아리 모임을 하려고 교실에서 기다리는데 많은 애들이 왔다 갔다 해서 어수선했다. 그때 처음 본 1학년 남자애가 지나가면서 나에게 꾸벅 절을 했다. 나는 모르는 얼굴이어서 얼떨떨하게 손을 들었다가 놨다. 처음 보는 얼굴인데 나를 아는 눈치

여서 어떻게 대할지 망설이다 보니 손 움직임도 어정쩡했다. 그렇게 지나가려 했는데 남자애가 불쑥 나에게 다가오더니 말을 걸었다.

"누나 저 누군지 모르세요?"

머리를 쥐어짰지만 떠오르지 않았다.

"글쎄, 본 듯 안 본 듯, 모르겠네."

나는 고개를 갸웃거리며 말했다.

"진짜 모르세요? 나는 누나 아는데. 동아리 후배 이름도 기억 못하시다니……."

남자애는 미국인들처럼 부풀린 몸짓을 하면서 능글맞게 말했다.

그때 내가 잘 아는 1학년 남자애가 지나갔다.

"상훈아, 얘 이름이 뭐야?"

상훈이가 이름을 알려줘서 얼굴과 이름을 머리에 새겼다. 곧 동아리 모임이 이어졌기에 따로 이야기를 나눌 틈은 없었다. 동아리 모임이 끝날 때쯤 나는 쪽지를 썼다. 모임이 끝나고 흩어질 때 스리슬쩍 쪽지를 남자애 노트에 끼워 넣었다.

'현우야, 너 이름 이제 머리에 꼭꼭 새겼어. 다음엔 잊지 않고 꼭! 꼭! 불러줄게'

그 뒤로 종종 현우와 문자를 주고받았다.

그러던 어느 날 야자 시간에 현우에게서 문자가 왔다.

'누나, 야자해요?'

'응'

'안 힘들어요?'

'힘들지ㅠㅠ'

'제가 한 번 갈까요?'

'얼마든지'

그렇게 문자를 하고 한참 야자를 하는데 뭔가 나를 지켜보는 눈길이 느껴졌다. 둘레를 두리번거리다 복도 창문에 어른거리는 현우 얼굴을 찾아냈다. 나와 눈이 마주치자 현우는 커피를 든 오른손을 살살 흔들며 빙그레 웃었다. 깐깐하지 않은 선생님이라면 잠깐 나갔다가 커피를 받아와도 되지만, 안타깝게도 그 때 칠판 앞에 앉아 계신 선생님은 깐깐하기로 소문난 분이었다. 선생님 눈치를 보느라 커피를 받으러 나가지도 못한 채 눈빛만 주고받는데, 현우 얼굴이 복도에서 갑자기 사라졌다. 그리고 바로 뒤 교실 앞문이 살짝 열렸다.

현우 얼굴이 문틈 사이로 나타났다.

"선생님!"

선생님이 현우 쪽을 봤다.

"너, 뭐냐?"

"선생님, 제가 저쪽에 있는 누나 주려고 커피 사왔는데, 주고 가면 안 될까요?"

현우는 커피로 나를 가리키며 말했다.

선생님과 반 애들 눈이 한꺼번에 나에게 쏠렸다. 내 얼굴이 후끈 달아올랐다.

"야자 시간에 무슨……."

선생님이 뭐라고 말을 끝마치지도 않았는데 현우는 문을 열고 들어섰다.

"어, 너, 너, 안 나가!"

선생님이 손에 든 연필로 현우를 가리키며 따끔하게 말했지만 현우는 아랑곳하지 않았다.

"에이, 선생님! 잠깐만요, 커피만 주고 갈게요."

현우는 능글맞게 웃으며 성큼성큼 내게 걸어왔다.

"누나 힘들죠?"

이럴 때 힘들다고 해야 할지, 안 힘들다고 해야 할지, 고맙다고 해야 할지, 아무튼 뭐라고 대꾸할 말이 떠오르지 않았다. 현우는 커피를 내 책상에 올려놓았다. 만지지도 않았는데 따스한 기운이 온몸에 퍼지는 듯했다.

"오늘도 힘내서 야자 하세요."

교실은 현우 목소리만 들렸다. 심지어 선생님도 어처구니 없으셨는지 빤히 쳐다보기만 하셨다.

"저 약속 지켰죠?"

나는 고개를 끄덕였다.

"누나는 저에겐 별처럼 아름다워요."

헉! 숨이 딱 막히는 줄 알았다.

반 애들과 선생님이 지켜보는데도 아무렇지 않게 오글거리는 말을 내뱉을 만큼 현우는 능글맞았다.

"선생님, 고맙습니다. 오늘따라 아름다우세요."

현우를 어떻게 할지 몰라 노려보던 선생님도 현우가 이런 말을 던지자 피식 웃고 말았다. 현우가 문을 닫고 사라지자 반애들은 한꺼번에 "우~!" 소리를 질렀다. 모두 나를 보며 놀라움, 부러움을 쏟아냈다.

야자를 하는 내내 현우 생각만 났다. 그 능글맞은 얼굴과 몸짓과 말들이 내 마음을 뒤흔들었다. 한 살 아랜데 귀엽거나 어린 느낌이 들지 않았다. 내 마음은 참기름을 바른 미끄럼틀에 앉은 아이처럼 어쩔 수 없이 현우에게로 흘러갔다. 그때까지 나는 키 크고 내 마음을 잘 알아주는 남자에게 끌렸다. 능글맞은 남자에게 끌릴 줄은 나조차 몰랐다. 아니 그 어떤 남자보다 더 세게 끌렸다. 마음이 어떻게 해볼 새도 없이 현우를 찾고, 현우를 떠올렸다.

그다음 날부터 현우는 거리낌 없이 내게 다가왔고, 나는 파도에 허물어지는 모래성처럼 무너져 내렸다.

첫째 날, 밥을 다 먹고 남은 찌꺼기를 한 데 모아서 들고 가는데 현우가 불쑥 나타났다. 현우는 내 손에 든 식판을 빼앗더니 이렇게 말했다.

"찌꺼기를 버리려면 누나가 지저분한 음식쓰레기통 가까이 가야 하잖아요. 누나는 그렇게 더러운 곳에 가면 안 돼요."

같이 식판을 들고 음식쓰레기통 쪽으로 걸어가던 친구들은 벌린 입을 다물지 못했다. 모두들 부러워했는데, 나는 어안이 벙벙하기만 했다.

둘째 날, 한참 친구들과 수다를 떨며 밥을 먹는데 현우가 성큼성큼 다가왔다. 얘가 왜 이러나 싶어 밥 먹기를 멈추고 쳐다보는데 현우가 내 바로 옆에서 멈춰서더니, 한쪽 무릎을 꿇고, 한 손은 무릎에 대고, 한 손은 내 팔을 잡고, 이렇게 말했다.

"제가 저쪽에 있을 때 빛이 보여서 왔더니 누나가 여기 있네요. 누나는 제게 빛이에요."

말을 듣자마자 가슴이 턱 막혔다. 더는 밥을 먹을 수가 없었다. 같이 밥을 먹던 둘레 애들도 젓가락을 든 채 잠깐 동안 꼼짝 않고 현우와 나만 봤다. 그때 나는 빛이었다. 어둠에 묻힌 모든 이들이 저도 모르게 보게 되는 등불이었다. 현우는 나를 빛으로 만들어주는 남자였다.

셋째 날, 또 친구들과 수다를 떨며 밥을 먹는데, 한참 이야기를 나누던 친구들이 말을 멈추고는 키득거렸다. 뭔 일인가 싶어 둘레를 살폈더니 현우가 내 옆에 앉아서 턱을 괴고 나를 바라보고 있었다. 나와 눈이 마주치자 현우는 싱긋 웃더니 이렇게 말했다.

"저도 모르게 끌려서 앉아 버렸어요. 점심 때마다 누나에게 끌려서 밥도 못 먹겠어요. 저 이제 어떻게 하죠?"

턱을 괴고 생글거리며 나를 지그시 바라보는 남자를 옆에 두고 밥을 먹기란 쉽지 않았다. 몇 숟갈도 뜨지 못하고 숟가락을 내려놓을 수밖에 없었다. 이 남자, 도대체 어떻게 하면 좋을까?

넷째 날, 야자를 끝내고 가는데 현우가 나한테 뛰어왔다. 다짜고짜 내 손을 잡더니 제 가슴 쪽으로 손을 잡아끌었다.

"누나, 제 심장 뛰는 소리를 느껴 봐요. 저는 누나만 보면 이렇게 심장이 뛰는데, 누나는 저를 봐도 아무렇지 않아요?"

손바닥으로 현우 심장 소리가 들렸다.

"제 떨림이 안 느껴지세요?"

물론 느껴졌다. 현우에게 말은 하지 않았지만 내 심장도 현우 못지않게 떨렸다. 그냥 아닌 척, 모른 척할 뿐이었다.

"누나는 못됐어요. 이렇게 누나를 사랑하는데, 내가 얼마나 누나를 좋아하는데, 제 마음도 몰라주고."

현우 목소리가 떨렸다. 눈에 눈물이 그렁그렁 맺혔다.

어떻게 할까 망설였다. 내 마음은 이미 지구 중력에 붙들린 운석처럼 현우에게 사로잡혔다. 옆에 누가 있든 망설이지 않고 사랑을 드러내고, 능글거리는 말로 나를 어쩔 줄 모르게 만드는 현우는 이미 내 마음을 사로잡았다. 내가 어떻게 해 볼 새도 없이 현우는 내 마음을 차지해버렸다. 그럼에도 나는 망설였다. 무언가 싫은 점이 보여서가 아니었다. 도리어 지나치게 끌렸기 때문이다. 현우와 사귀면, 현우에게 푹 빠져서, 내 삶이 몽땅 현우 속으로 들어가 버릴까 봐 걱정스러웠다.

"제 심장은 오직 누나만 바라며 뛰어요. 누나를 위한 심장으로 살게 해줘요."

"아~!"

내 마음이 가려는 길을 더는 막을 수 없었다. 마지막까지 안간힘을 쓰며 버티던 바위성은 '누나를 위한 심장으로 살게 해달라'는 말에 모래성이 되고 말았다.

"오늘, 저는 도둑이 될래요."

도둑이라니, 무슨 말인가 싶었다.

현우는 내 손을 잡은 채 재빨리 내 입술에 뽀뽀를 했다.

"누나 입술 도둑."

그때, 현우는 내 입술뿐 아니라 내 마음도 훔쳐가 버렸다. 내 마음은 모조리 현우 차지가 되었다. 내 마음을 모조리 훔쳐간 남자는 현우가 처음이었다. 코스모스 내음에 물들었던 첫사랑 민규를 떠올리면 엇비슷한 느낌이 들기는 했지만, 열한 살에 겪은 풋내기 사랑을 열여덟에 찾아온 깊은 사랑과 견줄 수는 없었다.

현우는 내게 정말 온 마음을 다 쏟았다. 내가 무엇을 바라든 그대로 해주었다. 늘 능글거리는 말로 나를 추어올리고, 나를 빛나게 했다. 현우 옆에 있으면 나는 늘 멋진 여자였다. 나는 현우를 사랑했다. 사랑이란 말을 거리낌 없이 써도 남부끄럽지 않았다.

나는 현우와 엮어나갈 달콤하고 멋진 사랑에 가슴이 부풀었다. 현우와 제대로 된 사랑을 할 수 있으리라 믿었다. 그때까지 하고 싶어도 못했던 멋진 사랑을 하게 되리라 믿었다. 그렇게 생각한 까닭이 있었다. 나는 나름 이리 부딪치고 저리 부딪치며 사랑을 많이 겪었다. 사랑에 관한 책도 많이 읽었고, 혼자 있을 때면 어떤 사랑이 참된 사랑인지 많이 생각했다. 나는 돈 많고, 잘 생기고, 몸매도 좋고, 나만 바라보는 남자와 나누는 사랑 따위는 떠올려보지도 않았다. 인터넷 소설에선 늘 그런 사랑을 그렸지만, 진짜 삶에서 그런 남자가 나를 사랑하리라고 믿지도 않았고, 그런 남자와 참된 사랑이 이루어지리라 믿지도 않았다. 그래서 잘생긴 아이돌을 비롯한 연예인을 단 한 번도 좋아해 본 적이 없다. 나는 꿈보다는 있는 그대로 삶에서 나름 기쁨을 찾으려면 어떻게 해야 하는지 자주 생각했다. 많이 겪고, 책도 많이 보고, 생각도 많이 했기에 나는 깊고, 단단하며, 무르익은 사랑을 하게 되리라 여겼다.

그런데 진짜 사랑은 마음 같지 않았다. 깊은 줄 알았는데 어설 펐고, 단단한 줄 알았는데 물러 터졌고, 무르익은 줄 알았는데 어리숙했으며, 나름 연애 전문가인 줄 알았는데 어설프고 어리숙한 사랑꾼이었다.

홍정훈과 사귈 때는 마음이 가벼웠다. 가볍게 사귀었기에 내 마음이 가는 대로 밀고 당겼다. 홍정훈은 내가 밀어내면 어쩔 줄 몰라 하며 얼굴빛이 달라졌고, 내가 슬쩍 끌어당기면 좋아하는 티를 팍팍 내며 내게 끌려왔다. 홍정훈에게 나는 숱하게 사랑한다 말했지만, 입술에만 매달린 사랑이었을 뿐 깊은 마음에서 우러나오지는 않았다. 수없이 많이 손을 잡고 팔짱을 끼었지만 달콤한 입맞춤은 없었다. 가벼웠지만 맑았고, 얕았지만 웃음이 넘치는 사랑이었다. 맑고 웃음이 넘쳤기에 홍정훈과 생각보다 오래 사귀었다. 그리고 가볍고 얕은 사랑을 더는 하고 싶지 않아서 헤어졌다. 나는 깊고 짙은 사랑을 하고 싶었다. 십대들이 하는 가볍고 어설프고 헤픈 사랑에서 벗어나고 싶었다. 순정만화 같은 사랑, 신데렐라 같은 사랑, 드라마에 나오는 흔한 사랑은 지겨웠다.

169

내 바람은 크고 높았지만 안타깝게도 나는 내 바람대로 하지 못했다. 현우가 입술과 함께 내 마음을 훔친 바로 그때부터 우리는 연인이 되었지만, 나는 현우에게 무엇을 어떻게 해야 할지 종잡을 수 없었다. 내가 정말 사랑한 남자에게 내가 그렇게 엉망으로 할 줄은 나도 몰랐다. 현우를 만나면 해주겠다고 마음먹고 달달한 말을 숱하게 되뇌다가도, 막상 현우 얼굴을 마주하면 입술을 타고 나오는 말은 차가왔다. 따스함을 가득 담아 손을 잡아주겠노라고 수십 번 다짐하다가도, 막상 현우가 내 손을 잡으려 하면 새침하게 손을 뒤로 빼버렸다. 눈도 제대로 마주치지 못했고, 먼저 봐도 현우가 올 때까지 못 본 척하기 일쑤였다. 다른 사람에게는 수십 번도 더 해주었을 따스한 말을 현우에게는 한마디도 못했다.

밤마다 이불을 뒤집어쓰고 이러지 말자고 수십 번 다짐하고 이불에 대고 발길질을 해댔지만, 그다음 날이 되면 또 다시 똑같은 짓을 되풀이했다. 나는 현우를 사랑했다. 이때까지 만난 그 어떤 남자보다 현우를 사랑했다. 정말 사랑했기에 보기만 하면 머리가 하얘졌다. 현우 얼굴만 보면 검은 안개에 쌓인 산속에서 길을 찾아 헤매 듯 아득했다.

내가 어떻게 해도 현우는 나에게 무척 잘해줬다. 내가 아무리 못되게 굴어도 꿋꿋하게 나를 사랑해주었다. 어쩌면 현우가 단 한 번도 나에게 싫은 소리를 하지 않았기에, 내 뜻을 거스르지 않았기에, 현우가 언제까지 내 곁에 머물러 있으리라고 잘못 생각했는지 모르겠다. 현우가 조금이라도 제 속을 드러냈다면 나도 바뀌었을 텐데, 늘 한결같이 좋아해주는 모습 때문에 나는 현우가 나를 떠날 수도 있다는 생각은 바늘구멍만큼도 하지 못했다.

늘 웃으며 밝고 능청스럽게 나를 대하던 현우였는데, 어느 추운 겨울 날 갑자기 헤어지자고 했다. 현우가 헤어지자고 말할 줄은 정말 몰랐기에 나는 어쩔 줄 몰랐다.

"누나는 나를 사랑하지 않잖아요."

나는 아니라고, 내가 너를 얼마나 사랑하는지 아느냐고 말했다. 눈물까지 흘리며 잡았다. 이제부터는 내가 잘하겠노라고 다짐하고 또 다짐했다. 안 통했다.

"이제와 그러지 말아요, 누나! 누나한테는 더 멋진 남자가 어울려요."

이렇게 말하고는 현우는 떠나버렸다. 나는 현우와 헤어지고 싶지 않았다. 며칠을 매달렸고 문자를 수백 통이나 보냈다. 사흘째 되는 날 현우에게서 편지가 왔고, 그 편지를 읽고서는 현우를 붙잡겠다는 마음을 접었다.

누나,

더는 저를 잡지 말아 주세요.

가슴 아프지만, 헤어지고 싶지 않지만, 헤어질 수밖에 없어요.

제가 수십 번 사랑한다고 말해도 누나에게서 좋아한다는 말조차 듣지 못했어요.

제가 수십 번 손길을 내밀어도 누나는 따뜻하게 손 한 번 잡아주지 않았어요.

제가 먼저 만나자고 숱하게 말하는 동안 누나는 단 한 번도 먼저 만나자고 하지 않았어요.

저는 누나가 바라면 언제라도 나갔지만 누나는 누나 일이 있으면 제가 아무리 보고싶다고 말해도 나오지 않았어요.

헤어지자고 말한 뒤, 누나가 처음으로 저보다 더 많이 사랑한다고 말하고, 더 많이 손길을 내밀었어요. 처음으로 누나도 저를 사랑한다고 느꼈어요. 그렇지만 이때까지 받은 아픔이 더는 견디지 못할 만큼 커요.

다시 사귀게 되면 누나는 전혀 다른 모습으로 저에게 다가올지도 몰라요. 그렇지만 저는 두려워요. 또다시 메아리 없는 산에 소리를 지르고는 메아리가 들려오길 안타깝게 기다리는 짓을 되풀이할까 봐 무서워요. 누나는 친구들이 많고, 그 친구들을 챙겨주느라 늘 바쁘죠. 제가 뻔뻔스럽긴 하지만 누나 친구들 눈치를 안 볼 수가 없어요. 누나가 저를 살갑게 대해주면 남들 눈쯤이야 얼마든지 모른 척하고 지낼 수 있지만, 누나는 친구들 앞에서 제가 바라는 대로 저를 사랑하는 몸짓이나 말을 해주지 못하리라는 걸 알아요. 제가 바라는 대로 누나는 저에게 해 주지 못하는 사람이에요. 누나가 하기 싫은 일을 제가 바란다고 굳이 저한테 해줘야 한다고 생각하지는 않지만, 저는 우리 사랑을 자랑하고 싶었고, 내세우고 싶었고, 부러움을 받고 싶었어요. 앞으로도 그런 제 마음은 바뀌지 않아요. 누나는 그렇지 않죠?

제가 누나를 잘 알아요. 누나가 말은 안 해도 저를 사랑한다는 점을 누구보다 잘 알아요. 그렇지만 사랑한다고 말해주지 않으면 저는 사랑받는 느낌을 채우지 못하는 바보에요. 남들 앞에서 어깨를 껴안고 우리는 사랑하는 사람이라고 깨소금을 뿌리는 사랑을 하고 싶어요. 누나도 알다시피 저는 남들 앞에서 잘난 척하기 좋아해요. 남들이 부러워하는 사랑을 하고 싶어요.

어느 날 문득, 누나는 제가 바라는 대로 해줄 수 없다는 점을 깨달았어요. 그리고 누나를 놓아줘야겠다고 마음먹었죠.

누나는 정말 빛이 나요.

제가 누나에게 다가가면서 했던 말은 단 한 줌도 거짓이 없어요.

한동안, 아니 어쩌면 제가 죽을 때까지 누나만큼 멋진 여자는 다시 못 만날지도 몰라요.

마음 한 구석에서는 누나를 붙잡으라고 외치는 놈이 있어요. 그 놈이 저를 자꾸 힘들게 해요. 그렇지만 더는 힘들기 싫어요. 누나와 겪었던 그 힘겨움을 다시 이겨낼 만한 꿋꿋함이 제겐 없어요.

저는 ~ 정말 ~ 지쳤어요.

편지를 읽고 몇날 며칠을 울면서 보냈다. 사랑하는 이와 헤어져서 슬펐고, 보고 싶어서 애달팠지만, 그 때문에 그렇게 하염없이 울지는 않았다. '지쳤다'는 말에서 현우가 겪었을 괴로움과 힘겨움이 고스란히 느껴졌기 때문이었다. 그렇게 능글맞고 뻔뻔스러우며 늘 웃고 다니는 현우가 '지쳤다'고 털어놓을 만큼 내가 현우를 힘들게 했다는 점이 나를 미어지게 만들었다. 내 어리숙함이 미웠고, 나로 인해 아픔을 겪은 현우가 뼈가 시리도록 안쓰러웠다.

헤어지고 첫 사흘은 밥도 안 먹었다. 물도 몇 모금밖에 마시지 않았다. 야자도 빠지고 집에 와서 침대에 쓰러져서 끊임없이 울기만 했다. 사흘째 되는 밤이 되자 더는 이렇게 지낼 수 없겠다는 생각이 들었다. 나는 이제 곧 대한민국 고3이 될 테고, 고3이 되면 사람됨은 내려놓고 오로지 대학이라는 한 점을 바라보며 온 몸을 불살라야 한다. 이렇게 지내다가는 큰일 나겠다 싶었다. 아픈 일을 지우는 방법을 쓰기로 했다.

현우와 얽힌 일, 느낌, 생각들을 단단한 무쇠상자에 넣고 쇠사슬로 묶은 뒤 자물쇠를 채웠다. 동굴 속 깊은 낭떠러지 아래로 던져 넣고 쇠문을 잠갔다. 한 번으로는 모자란 듯해서 여러 번 거듭했다. 다음 날 아침, 여느 때 같으면 현우와 있었던 일은 깨끗하게 잊어버리고 맑은 느낌으로 깨어나야 되는데 전혀 그렇지 않았다. 도리어 더 힘들었다. 옛날에는 그렇게 잘 먹히던 방법이 조금도

통하지 않았다. 동굴을 바위로 막고, 무쇠상자를 용암 속에 떨어뜨려도 잊히지 않았다. 잊으려고 애쓸수록 더 많이 생각났다. 머리 하나를 자르면 머리 둘이 솟아나는 그리스로마신화 속 히드라처럼 잊으려 할수록 현우가 더 많이 생각나고 더 가슴이 아팠다.

세 달쯤 힘들었다. 잘 걸리지 않던 감기도 달고 살았다. 약을 먹고, 푹 쉬어도 감기가 떨어지지 않았다. 고3을 앞둔 겨울방학에는 잠자는 시간도 아끼며 공부에 온 힘을 쏟아도 모자랄 판인데 아픈 몸 때문에 제대로 공부를 하지도 못했다.

참 사랑을 잃고 얻은 가슴앓이에서 벗어나려면 시간 말고는 약이 없었다. 세 달쯤 지나자 차츰차츰 생채기가 아물었고, 새살이 돋았다. 만지면 여전히 아팠지만 그런대로 견딜만했다. 현우와 사귀고 헤어지면서 나는 나도 몰랐던 나를 알았다. 키 큰 남자만 좋아하는 줄 알았는데, 나는 키가 크지 않아도 능글맞고 뻔뻔한 남자에게 약했다. 사랑하는 사람에게 달콤한 말도 많이 하고 손가락 오그라드는 애교도 많이 부리던 나였는데, 엄청 사랑하는 사람 앞에선 사랑한다는 말조차 꺼내기 힘들었다. 아픔은 쉽게 잊어버리고 곧바로 씩씩하게 잘 지내는 나였는데, 가슴 시리게 그리우면 무슨 수를 써도 아픔이 가시지 않고 오래도록 진하게 아팠다.

현우와 헤어지고 이 글을 쓸 때까지 한 해가 지나갔지만, 현우를 떠올릴 때마다 가슴 한켠은 아직도 시리다. 사랑이 이리도 아프고 아련할 줄은 미처 몰랐다. 내가 모르는 내가 또 얼마나 많을까? 감춰진 나를 다 알려면 또 얼마나 많은 사랑과 아픔을 겪어야 할까?

열아홉에 쓰는 사랑학 개론

: 19살 옆에 있어 고마웠던 **이성훈**

십대를 물들인 내 마지막 사랑은 현우라고 말하고 싶지만, 어쩌다 보니 또 한 명과 얽히고 말았다. 이 글 가장 앞에 쓴 이성훈이 내 십대를 물들인 마지막 사랑이다. 신입생을 맞이하려고 이런저런 일을 하던 때였다. 환영회가 월요일이라 금요일까지 준비를 끝내려고 했는데 공부하느라 바빠서 제대로 준비를 못했고, 하는 수 없이 토요일에 학교에서 한 번 더 만나서 함께 준비하기로 했다.

토요일 오후, 수수하게 입고 나가려다 마음을 고쳐먹었다. 고3이다 보니 수능이 끝날 때까지 예쁘게 입고 학교에 갈 일이 다시는 없겠다 싶었기 때문이다. 내가 가장 아끼고 좋아하는 옷을 골라 입었다. 머리 끈부터 양말, 신발까지 다 예쁘게 갖춰 입었다. 옅은 화장도 했다.

학교에 가니 대충 입고 온 애들도 있고 예쁘게 차려 입고 온 애도 있었지만, 나처럼 머리끝부터 발끝까지 차려 입은 애는 없었다. 꽤 늦은 때까지 환영회 준비를 같이 했다. 엄마에겐 어둡기 전에 들어간다고 했는데, 밖이 어둑해질 때까지 일이 끝나지 않았다. 걱정이 됐는지 엄마가 전화를 하셨다. 애들 옆에서 전화를 받으면 일하는 데 걸림돌이 될까 봐 밖으로 나갔다. 걸어가면서 엄마랑 전화를 하다 보니 어느새 운동장이었다.

전화를 끊고 돌아서는데 누군가 나를 불렀다.

"다미야!"

목소리를 들으니 이성훈이었다. 이성훈은 다른 반이지만 그럭저럭 잘 알고 지내는 남자였다.

왼쪽으로 돌면 더 빠르게 이성훈 쪽으로 돌지만 나는 굳이 오른쪽으로 몸을 돌렸다. 그 쪽으로 보이는 내가 더 예쁘다고 믿기 때문이다. 몸을 크게 돌린 탓에 머리카락이 찰랑거렸다. 나는 몸을 다 돌리지 않고 살짝 엇나가게 한 채 멈췄다. 머릿결이 오른쪽 눈을 가리다 다시 왼쪽 눈을 가렸다. 나는 살포시 왼손을 들어 머릿결을 매만지며 왼쪽 눈을 열었다. 눈을 치켜뜨면서 이성훈 눈을 뚫어지게 봤다. 이성훈은 내 눈길을 피하지 못했다.

"왜?"

들릴 듯 말 듯 말했다.

내 말이 들리지 않으니 이성훈이 눈길이 내 입 쪽으로 모아졌다. 나는 입술을 동그랗게 모으고는 삐죽하게 내밀었다.

"추운데~ 왜 밖에 나왔냐? 안에서 전화하지."

이성훈 목소리가 흔들리며 나왔다.

"나 걱정해서 나왔어?"

그렇게 말하고는 배시시 웃었다.

"고맙네."

"야, 야, 내가 무슨 걱정은…."

이성훈은 어쩔 줄 몰라 하며 손을 휘휘 저었다.

"애들이 너 찾으니까 나왔지."

내 눈앞에 어른거리는 이성훈 손을 잡았다.

손을 잡을 때도 그냥 잡지 않았다. 살포시 감싸 쥐고는 손끝으로 손바닥을 살금살금 간질였다. 살결을 건드릴 때 남자들은 마음이 심하게 흔들린다. 흔히 남자들은 여자 겉모습에 많이 끌린다고 하는데, 내가 겪어본 바에 따르면 살결을 통해 전해지는 보드랍고 따스한 기운이야말로 남자들을 가장 많이 뒤흔들어놓는 듯하다. 남자들은 가까워지면 자꾸 손을 잡으려 하고, 팔짱을 끼려하고, 껴안으려 하고, 더한 데까지 나가려 한다. 많은 남자들이 살결과 살결이 닿는 느낌을 그리워하기 때문이 아닐까 싶다.

아무튼 어둑했지만 화들짝 놀라는 이성훈 얼굴빛은 뚜렷이 보였다. 그냥 아는 친구를 보는 얼굴빛이 아니었다. 나중에 이성훈이 이렇게 털어놓았다.

"그때 처음으로 너를 여자로 느꼈어."

이성훈은 내가 가볍게 부린 끼에 흔들렸고, 남자에 대한 내 생각이 틀리지 않았음을 또다시 드러내주었다. 작은 몸짓 하나, 작은 눈길 하나에도 남자들은 쉽게 흔들린다. 머리카락을 매만지는 손길에, 오므린 입술에, 치켜뜨는 눈에, 스치는 손길에, 달콤한 말한 마디에도 여자에게 끌린다. 물론 일부러 하는 티가 나면 안 된다. 몸에 배서 부드럽게 흘러나와야 한다. 작은 몸짓에 어떤 힘이 있어서 그런지는 모르지만 내가 만난 10대 남자들은 거의 다 그랬다. 20대 남자는 어떨지 모르겠지만, 10대 남자는 쉽게 끌리고 쉽게 끌려오는 만큼 작은 몸짓이나 말에도 마음이 상해서 쉽게 멀어진다.

단 한 번도 이성훈을 남자로 생각해 본 적이 없던 내가 그때 왜 그렇게 끼를 부렸는지는 아직도 잘 모르겠다. 현우와 헤어지고 난 뒤에 겪은 아픔이 나를 움직였을까? 아니면 남자를 끌어당기려는 몸짓이 내 몸에 배서 나도 모르게 나왔을까? 그도 아니면 스스로 잘 몰랐지만 저 속으로는 이성훈을 괜찮은 애라고 여겨서 그랬을까? 아무리 되짚어 봐도 뚜렷하게 잡히지는 않는다.

이성훈과 나는 아주 빠르게 가까워졌고 신입생 환영식이 있던 날부터 사귀었다. 사귀자고 할 때 별다른 일은 없었다. 이성훈이 "우리 사귈까?" 하고 물었고, 나는 "그래, 사귀자!" 하고 받아들였다. 이성훈과 사귀는 첫날 나는 이성훈에게 미리 이렇게 말했다.

"걱정돼서 미리 말해두는데…… 내가 정말 너를 좋아하면, 나는 너에게 잘해주지 못할지도 몰라. 상냥하게 굴지도 못하고, 다른 애들 앞에선 모른 척할 수도 있어. 너한테 모진 말을 툭툭 내뱉을 수도 있어. 그러니까 내가 심하게 군다고 해도 아파하지 마. 내 속마음은 널 좋아하고 있다고 생각해. 알았지?"

내 말을 들은 이성훈은 입을 뽀로통하게 내밀었다.

"뭐야, 그럼, 네가 나한테 잘해주면 어떻게 생각해야 되냐?"

"어휴, 바보야. 잘해주지 못할지도 모른다고 했지, 정말 그런다고 했냐? 내가 아주 못해줘도 좋아해서 그런다고 믿고 서운하게 여기지 말라고."

"그럼 네가 잘해줘도 고맙게 여기고, 못해줘도 고맙게 여기면 된다는 말이지?"

"그래, 이제야 알아듣네. 어이구~ 쓰담쓰담~."

말은 그렇게 했는데 이성훈에게 별다른 느낌이 들지는 않았다. 이성훈이 들으면 몹시 섭섭하겠지만 이성훈은 없으면 아쉽고 있어도 그만인 남자였다. 내가 이성훈과 사귀려고 마음먹었다고 말했을 때 친구들은 다들 말렸다. 친구들이 말린 까닭은 크게 두 가지였다.

첫째, 고3때 새로 사귄 남자는 아주 배고플 때 먹는 맛없는 먹을거리와 엇비슷하기 때문이라고 했다. 아무리 맛없는 먹을거리도 몹시 배고플 때는 무척 맛있게 느껴지지만, 조금만 배가 부르면 입에 넣기도 싫어지듯이 고3에 사귀는 남자가 딱 그렇다고 했다. 나도 친구들 말을 얼마만큼은 받아들였지만, 그렇다고 이성훈이 배고플 때 먹는 맛없는 먹을거리라고 여기지는 않았기에 그냥 사귀기로 했다. 이성훈은 됨됨이가 나름 괜찮았고, 키도 제법 컸기 때문이다. 무엇보다도 친구들 말이 맞았기에 이성훈과 사귀어야 했다. 고3은 힘들다. 열아홉이란 나이에 짊어지고 가기엔 지나치게 버거운 어려움을 뚫고 나가야 한다. 어려울 때 누군가 있다면 힘이 된다. 가시덤불을 헤쳐 나갈 때는 맨손보다는 작은 나뭇가지라도 있으면 큰 도움이 된다. 고3을 보내며 이성훈은 든든하지는 않지만 나름 내가 힘들 때 기대도 되는 버팀목이었다. 힘들 때 마음껏 투정부릴 남자가 있어서 참 좋았다.

둘째, 고3 때 사귀면 정말 좋은 남자여도 사랑을 제대로 하지 못해서 헤어질 수 있기 때문이라고 했다. 문자도 길게 못하고, 밤늦게 수다를 떨지도 못하고, 영화 한 편 마음 놓고 보러 가지도 못하고, 학교에서 쉽게 만나지도 못할 만큼 바쁘니 사랑을 제대로 느끼지도 못하고, 작은 일에도 섭섭함을 느끼며 헤어지기 쉽다는 말이었다. 친구들 말이 모두 맞다고 여겼기에 이성훈과 사귀지 말까 잠깐 망설였지만, 그냥 이성훈과 사귀기로 했다. 왜냐하면 이성훈은 내 마음을 뒤흔들 만큼 그렇게 끌리는 남자가 아니었기 때문이다. 현우처럼 끌렸다면 친구들 말마따나 일부러 아껴두고 수능이 끝난 뒤에 사귀자고 했겠지만, 이성훈은 현우만큼은 아니었기에 사귀어도 아쉬움이 들지 않으리라 생각했다.

이성훈이 내게 힘이 되어 주기도 하고, 친구들 말처럼 제대로 만날 틈도 내기 어려웠지만, 우리는 간당간당 아슬아슬하게 헤어지지 않고 싸우지도 않고 수능까지 둘 사이를 끌고 갔다. 터놓고 말해서 몇 번이나 헤어지려고 했지만 일부러 참았다. 대학입시를 앞두고 헤어짐으로 인한 괴로움을 겪고 싶지 않았고, 대학입시를 부지런히 준비하는 이성훈에게 걸림돌을 만들어주고 싶지도 않았다.

이성훈과 나는 참 안 맞았다. 나는 나사가 반쯤 풀린 상태로 살지만, 이성훈은 머리에 나사를 박아놓고는 더 박아야겠다고 드릴로 또 박아대는 애였다. 이성훈은 뭐든지 꼼꼼했다. 뭐든 제대로 갖춰야 하고 하나라도 빠뜨리면 안 되는 됨됨이였다. 느낌이 가는 대로 움직이길 좋아하는 나이기에 이성훈은 받아들이기도, 맞춰

주기도 힘든 사람이었다. 홍정훈도 이성훈과 엇비슷한 면이 있었지만 이성훈과 견주면 새발에 피도 아니었다.

어쩌면 고3이었기에 이성훈 됨됨이를 받아들이지 못했는지도 모른다. 고3이 되다 보니 나와 다른 사람이 왜 그런지 따져보고, 나름 까닭을 찾고, 받아들이려고 애쓸 틈이 없었다. 그러려면 에너지를 쓰고 시간을 내야 하는데 대학입시를 앞두고 그럴 수는 없었다. 친구들 말이 맞았다. 고3때는 옛날부터 사귀던 남자가 아니면 새로 사귀면 안 되었다. 이런 생각도 수능이 끝나고서야 했지 수능 전에는 하지도 못했다.

영화나 드라마를 보면 무시무시한 어려움을 겪는 남녀가 힘겹게 어려움을 헤치고 나가면서 사랑을 키워가는 모습이 많이 나온다. 옛날에는 그런 모습을 보며 참 멋있다고 생각했는데, 이제는 저 연인들이 어려움이 끝나고 난 뒤에 제대로 사귈 수 있을지 걱정이 먼저 든다. 생각지도 못한 어려움에 빠졌을 때는 나에게 조금이라도 힘이 되는 사람에게 그냥 빠져들기 마련이다. 두 손 꼭 잡고 어려움을 헤쳐나가다 보면 안 좋은 점은 보이지 않고 멋진 모습만 보이기 마련이다. 그러다 어려움이 사라지고 심심한 때가 오면 사랑은 금방 식고 안 좋은 점이 마구 눈에 띈다. 어려움 속에서 싹튼 사랑은 워낙 세고 깊기에 지루한 삶속에서 찾아야 하는 사랑과 견줄 수 없다. 게임이나 도박에 빠진 사람이 지루한 삶을 견디지 못하는 꼴과 엇비슷하다.

그러거나 말거나 나는 이성훈에게 사랑한다는 말을 많이 했다. 그럴 때마다 이성훈은 참 좋아했다. 내 말이 힘이 된다며 부지런히 공부했고, 없는 짬을 내서 나에게 잘해주려고 애를 썼다. 물론 썩 마음에 들지는 않았지만 그 마음만은 따뜻했다.

이성훈과 연애가 그리 즐겁지도 않았고 달콤하지도 않았지만 이성훈은 내게 참으로 고마운 사람이었다. 고3이란 다시 겪고 싶지 않는 힘겨운 때를 버티도록 힘을 주었기 때문이기도 하지만, 무엇보다도 내 꿈을 찾아주었기 때문이다.

"넌 어떻게 그렇게 다른 사람 연애 상담을 잘 해주냐?"

점심시간에 잠깐 만났을 때 이성훈이 이렇게 물었다.

"글쎄, 네가 들으면 어떻게 생각할지 모르지만, 이러저러한 남자들 많이 만나보고, 사귀어도 보고, 헤어져도 보고, 일부러 끌어당겨보기도 하면서 연애에 얽힌 남자와 여자 마음을 잘 알게 돼서 그러지 않을까 싶은데."

"아니야, 그렇지 않아."

"뭐가 그렇지 않아?"

"연애 많이 하고 다니는 애들 많이 봤지만 너처럼 다른 사람 마음을 잘 읽어내는 사람은 본 적이 없어."

나는 피식피식 웃는데 이성훈은 참마음을 담아 말했다.

"너는 사람 마음을 참 잘 읽어내. 사람 마음을 움직이는 놀라운 재주도 지녔어."

"야, 야, 그만 띄워라. 비행기 떨어질라."

내가 장난으로 넘어가려 해도 이성훈은 끝까지 제 말을 끌고 나갔다.

"너, 아직도 어디 학과로 갈지 못 정했다고 했지?"

"그러게. 한 달 뒤면 원서 쓸 때인데도 이렇게 헤매고 있으니, 나도 참~."

"내가 보기에 너는 사람 마음을 다루는 쪽에 재주가 있어. 그쪽 학과를 알아보면 어때?"

"에이, 내가 무슨 사람 마음을 다룬다고……."

"아니야, 진짜라니까."

"됐어. 그만해."

그 자리에선 이성훈 말을 튕겨냈지만, '사람 마음을 다루는 일을 찾아보라'는 말은 내게 큰 울림을 주었다. 그 뒤로도 이성훈은 틈만 나면 사람 마음을 다루는 일과 관련한 글을 뽑아서 내게 주었고, 그 덕분에 나는 이성훈이 말한 그길로 가기로 마음먹었다. 대학입시 원서도 모두 그쪽으로 냈다.

나와 함께 했던 수많은 애들에게 내 앞길에 대해 이야기를 나누고 도움말을 들었다. 그러나 아무도 내게 이성훈과 같은 얘기를 해주지 않았다. 오직 이성훈만 숨겨진 내 재주를 찾아냈고, 내가 그 길로 가도록 힘을 주었으며, 내가 마음먹을 때까지 굳세게 밀어주었다. 어쩌면 이성훈은 나를 정말 사랑했는지도 모른다. 사랑하지 않으면 그렇게 할 수 없었을 테니까. 이성훈과 내가 정말 달랐기에 이성훈이 내 남다른 점을 알아보았을지도 모른다. 나는 이성훈이 나와 지나치게 달라서 마음을 주지 않았는데, 어쩌면 내가 크게 잘못 생각했는지도 모르겠다.

연애를 할 때는 눈에 콩깍지가 쓰인다고 한다. 콩깍지가 쓰인다는 말은 그 사람이 무엇을 해도 아름다워 보인다는 말이다. 연애를 하다보면 콩깍지가 하나씩 벗겨진다. 연애 때 안 벗겨지던 콩깍지는 결혼을 하면 벗겨진다.

"내가 콩깍지가 씌워서 결혼했지, 콩깍지만 일찍 벗겨졌으면 혼자 살았어."

나와 둘만 있을 때 엄마가 종종 하던 말씀이다.

엄마가 그렇게 말할 때마다 엄마랑 죽이 맞아서 아빠 흉을 봤다. 덩달아 오빠 흉도 같이 봤다. 엄마와 나는 같은 여자로서 서로 통하는 면이 많았다. 아빠 흉을 많이 보던 엄마였는데 요즘은 아빠를 추켜세우는 말을 많이 하신다.

"어디 가서 너희 아빠만한 남자 찾기 힘들지."

"엄마, 요즘 다시 콩깍지가 씌워졌나 봐."

"콩깍지라기보다는 옛날엔 미처 보지 못했던 멋진 모습을 찾아 냈을 뿐이야."

엄마 말을 듣고 보니 콩깍지가 벗겨지는 까닭은 나쁜 모습이 눈에 들어와서가 아니라, 사랑하는 사람에게서 새로운 모습을 찾아내지 못해서라고 생각한다. 함께 하는 이에게서 끊임없이 아름다움을 발견할 때 그 사람이 아름다워 보이고 더욱 사랑스럽다.

수십 년 동안 사랑을 꽃피우는 분들은 서로에게서 끊임없이 아름다움을 찾아낸다. 마지막 순간에도 아름답다고 느낀다. 그 아름다움이란 겉모습이 아니다. 마음을 잡아끄는 무엇이며, 남들은 찾아내지 못하는 그 무엇이다. 아름다움을 찾아내면 끝없이 사랑이 피어오르지만, 아름다움을 찾아내지 못하면 지루해지고, 싫어지고, 싸우고, 그러다 헤어지기까지 한다. 따지고 보면 사랑은 게으름 때문에 식어간다. 부지런히 새로운 아름다움을 찾아야 한다. 게으름은 아름다운 사랑을 가로막는 가장 큰 걸림돌이다.

곰곰이 따지고 보니 이성훈에게 게으름을 피운 내가 참 모자랐다. 이성훈이 내 멋진 모습을 찾아냈듯이 나도 이성훈에게서 멋진 모습을 찾으려 했다면 내가 몰랐던 어떤 점을 찾아냈을지도 모른다. 이성훈에게서 남다르고 멋진 모습을 찾아냈다면 그렇고 그런 사이로 머물다 수능과 함께 끝나지는 않았을 텐데, 나는 이성훈이 나와 다르다고 밀어내기 바빴다. 아름다움을 찾는 데는 게으르게 굴었으면서 헤어질 때는 부지런했다. 게으름과 부지런함이 뒤바뀐 어긋남이 내 사랑을 어설프게 끝냈다. 다시 되짚을수록 십대에 한 내 마지막 사랑이 참으로 아쉽고, 또 아쉽다.

스무 살 사랑은 다를까?

　내가 했던 사랑을 쭉 써놓고 다시 읽었다. 다시 읽어보니 그냥 머릿속으로만 간직했을 때와 꽤나 다른 빛깔이다. 옛사랑을 떠올리면 그냥 잿빛이었는데 꺼내놓고 보니 무지개다. 떠올리기도 싫었던 사랑도 나름 아름다웠고, 잊지 않고 간직해도 될 만큼 눈부시다. 그 어떤 사랑도 제대로 하지 못했지만 모든 사랑이 나에게는 값진 보배임을 알게 됐다.

　헤어지고 나서는 얼른 지우기 바빴는데 그때 왜 그랬는지 참 안타깝다. 바로 지우려 애쓰지 말고 제대로 되짚으며 곱씹었다면 그 뒤에 찾아온 사랑을 어설프게 맞이하지는 않았을 텐데, 지나치게 빨리 지우려다보니 새로운 사랑도 늘 어리숙하게 끌다가 끝나고 말았다.

첫사랑이라 이름을 붙이기도 남부끄럽긴 하지만 민규와 나눴던 사랑은 참 예뻤다. 그때 일은 다시 떠올려도 새콤달콤한 맛이 새록새록 샘솟는다. 혀가 달달하고 코끝에 코스모스 냄새가 맴돈다. 그 뒤로 박재호, 양인훈, 이명수, 루시폴, 송대현을 사귀면서 나는 잇따라 아픔을 맛봤다. 결코 좋은 남자들이 아니었음에도 무엇 때문인지 나는 온 힘을 짜내며 붙잡으려 했고, 버려도 될 괴로움을 끌어안고 힘겨워하다 스스로 생채기를 입혔다. 내 사랑을 뒤엉키게 만든 진짜 뿌리가 무엇이었을까?

물론 나는 안다. 그 까닭을 이 글에서는 제대로 다 쓰지 않았는데, 바로 초등학교 5～6학년 때 겪은 따돌림이었다. 얼토당토않게 당한 따돌림은 내게 깊은 생채기를 입혔다. 그 뒤로 나는 늘 남모르는 두려움에 떨었다. 아무리 나를 다독이고 힘을 내자고 다짐해도 두려움을 떨치기엔 무언가 모자라다고 느꼈다. 그래서 힘들면 기대고, 짜증나면 응석부리고, 슬프면 부둥켜안고 울고, 심심하면 투정부릴 만한 사람이 있지 않으면 안절부절못했다. 그래서 한 사랑이 끝나면 곱씹고 되짚어보고 되새기기보다 얼른 지우고 새로운 사랑이 없나 둘레를 찾아 헤맸다.

이 글에서는 거의 다루지 않았지만 나는 여자 친구들에게도 많이 매달렸다. 어쩌면 애인보다 여자 친구들에게 더 많은 힘을 쏟았는지도 모른다. 초등학교 때 겪은 끔찍한 일을 다시 겪지 않으려고 온 힘을 짜냈다. 별로 친구를 맺고 싶지 않은 애들에게도 싫은 조금도 티를 내지 않고 잘해주었다. 물론 고등학교에 와서 지민, 윤지처럼 참된 친구도 만났다. 그 덕분에 두려움을 털어내려고 사람에게 매달리는 일이 많이 줄었다. 홍정훈을 사귀고 다른 애들 연애를 도와주면서 당당함도 많이 찾았다. 참된 벗과 부드러운 사랑은 두려움에 짓눌려 사랑과 사람을 찾아 헤매던 나를 탈바꿈시켰다.

참 많이 바뀌었지만 아직도 나는 사랑에 어리숙하고 따돌림 당했던 아픔에서 벗어나지 못했다. 현우를 제대로 사랑하지 못했던 일은 두고두고 가슴을 아프게 한다. 앞으로 찾아올 사랑도 안개 속을 헤매는 듯한 막막함을 또다시 겪게 될까 봐 걱정스럽기도 하다.

내 글을 읽는 이들 가운데 '10대에 무슨 사랑이냐?'고 할 사람도 있을지 모르지만, 나는 나이를 떠나서 사랑이 없는 삶은 제대로 된 삶이 아니라고 믿는다. 도대체 사람이 살아가면서 해야 할 일 가운데 사랑보다 값진 무엇이 있을까? 없다고 믿는다. 사랑을 뒤로 미뤄야 할 만큼 값진 그 무엇이 있을까? 물론 없다고 믿는다. 사랑은 가장 앞서서 해야 할 일이다. 누가 뭐래도 나는 그렇게 믿는다.

어떤 이들은 내 글을 읽고 10대가 할 만한 사랑이 아니라거나, 이 남자 저 남자 사귀고 다닌 바람둥이처럼 보인다거나, 어린 나이에 몇 번 한 사랑으로 사랑을 다 아는 체 한다는 말을 할지도 모르겠다. 그런 비꼬는 말들, 해도 되고 나름 틀린 말도 아니라고 본다. 그럼에도 여기에 풀어놓은 사랑은 내가 한 사랑, 내 십대를 물들인 일곱 빛깔 사랑 이야기다. 남들에겐 어떻게 비칠지 몰라도 내겐 가장 귀하고 아름다우며 보배로운 사랑이다. 누가 뭐래도 내 사랑은 내 안에서 빛난다.

* * *

오랫동안 글을 붙잡고 살다보니 어느새 12월 31일이 되었다. 인터넷 소설을 쓸 때는 글쓰기가 참 쉬웠는데, 내 이야기를 털어 놓으려니 참 힘들었다. 열아홉 살이 끝나는 날, 아니 내 십대가 끝나는 날이 다가왔다. 아! 이렇게 내 달콤 쌉싸름했던 십대도 가는구나!

"뭐하냐?"
지민이가 전화를 했다.
"내가 말했잖아. 내 사랑 이야기를 글로 쓴다고."

"한 달 넘게 얼굴도 잘 안 보여줄 만큼 쓸 얘기가 그렇게나 많아?"

지민이 말투에 장난기가 묻어난다.

"지민이 너 먹는 얘기 쓴다고 생각해 봐. 한 달로 되겠니?"

먹기 좋아하는 지민이에게 제대로 된 한 방을 날렸다.

"안 되지! 그렇구나. 하긴 나야 밥 먹으러 학교에 가지만 너는 사랑하러 학교에 가니까!"

지민이는 그렇게 말하고 한참 웃었다.

"야, 그건 그렇고, 십대 마지막 날인데 이대로 보낼 순 없지 않냐? 놀아야지?"

"누구랑?"

"윤지랑 셋이 놀자."

"혜나는?"

"걔는 미대 입시 준비한다고 날마다 그림 그리잖아."

"아이고, 불쌍한 고3!"

"우리도 얼마 전까진 그런 불쌍한 고3이었잖아. 아무튼, 나올 거지?"

"갈게. 안 그래도 글도 다 쓰고 해서 뭐 할일 없나 두리번거렸어."

전화를 끊고 재빨리 씻었다. 화장도 살짝 하고 옷도 골라서 입었다. 십대 마지막 날을 멋지게 보내고 싶었다. 이제 이 글을 마무리 한다. 내 십대여, 무지개 같았던 사랑이여, 안녕!

* * *

만나기로 한 곳에 가니 지민이 먼저 와 있다. 거실 소파에 드러누워 드라마만 봤다고 하더니, 그래도 살도 빠지고 얼굴도 환하다. 늘 그렇듯이 옷은 대충 걸치고 나왔다. 조금 뒤 윤지가 왔다. 윤지는 그새 더 길어진 느낌이다. 늘씬한 다리가 부럽다. 별로 꾸미지 않았는데도 예쁘다. 말을 몇 마디 나누는 사이에도 윤지는 끝없이 남자 친구랑 문자를 주고받는다. 어쩌다 전화도 하는데 달콤한 꽃 내음이 물씬 풍긴다. 윤지 애인은 내가 맺어준 부학생회장이다. 아, 이제는 부학생회장은 아니다. 아무튼 참 오래간다. 저러다 청첩장 보내지는 않겠지? 지민이는 내가 맺어준 남자와 한동안 잘됐지만 헤어졌다. 그러고 나서 공부만 파고들었고 꽤나 이름이 알려진 대학에 붙었다. 윤지도 대학을 잘 갔다. 나는? 말해주지 않겠다.

한참 수다를 떨던 우리는 노래방에서 두 시간 노래 부르고, 짜고 매운 먹을거리를 배터지게 먹고, 길거리를 돌아다니며 이런 저런 가게를 구경하다가, 화장품 가게에 들러서 화장품 몇 개를 샀다. 그러고는 다시 길거리에서 따끈하게 배를 채운 뒤 집으로 가는 버스에 올라탔다. 우린 모두 가까운 곳에 살았기에 같은 정류장에서 내렸다. 같이 걸으면서 수다를 떨다가 헤어졌다.

혼자 집으로 걸어가는데 싸늘한 바람이 내 옷깃을 절로 여미게한다. 이제 곧 내 십대가 끝날 텐데, 매서운 겨울바람은 그 짧은 시간도 기다려주지 않으려는 듯 빨리 스무 살로 가라고 다그친다. 다시 사랑을 떠올린다.

많은 사랑을 했지만 아직 나는 사랑을 잘 모른다.
스무 살이 되어 하는 사랑은 다를까?
앞으로 찾아 올 사랑은 어떤 빛깔일까?
나는 어떤 빛깔로 내 사랑을 물들이고 싶은가?
앞으로도 나는 정말 사랑하는 사람 앞에서는 어쩔 줄 모를까?

벌어진 틈을 매서운 찬바람이 파고든다.
찬 기운에 온몸이 떨린다.
이제 곧 스무 살인데 떠올릴 때마다 날 아프게 하는 겨울바람이 몹쓸 심술을 부린다.

추위를 달래려고 얼마 전부터 좋아하게 된 노래를 듣는다.

♫ 난 아직 그대를 이해하지 못하기에

그대 마음에 이르는 그 길을 찾고 있어

그대의 슬픈 마음을 환히 비춰줄 수 있는

변하지 않을 사랑이 되는 길을 찾고 있어

어디서 찾을 수 있을까 그대 마음에 다다르는 길

찾을 수 있을까 언제나 멀리 있는 그대

기다려 줘 기다려 줘

내가 그대를 이해할 수 있을 때까지 ♪

- 김광석 '기다려줘'

'그대 마음에 다다르는 길'이란 노랫말이 긴 울림을 자아낸다.

내 마음에 다다르는 길도 잘 모르는데, 그대 마음에 다다르는 길은 어떻게 찾을까?

이 삶을 살면서 한 번이라도 그 길을 찾을 수 있을까?

노래 뒤 대목에 거듭되는 '기다려 줘 ♪ 기다려 줘 ♫'를 따라 부르며 걷는데 노래가 끊기며 전화가 울린다.

모르는 번호다.

안 받으려다가 전화를 받는다.

"여보세요."

"나야!"

목소리에서 코스모스 내음이 실려 온다.

"……?"

"다미야, 나야 나! 나, 돌아왔어."

겨울바람이 따스한 웃음을 머금은 채 첫눈보다 하얀 손을 내
민다.

십대를 떠나보내는 내 마지막 밤은 코스모스 내음과 함께 흐
른다.

이 밤, 내 시간이 코스모스처럼 곱다.

소녀, 사랑에 말을 걸다